Article

AF193338

9

Capitalobscè

Article 9. Capitalobscè

EDITOR
**Sant Andreu Contemporani /
Ajuntament de Barcelona**

TINENTA D'ALCALDIA DE DRETS SOCIALS, CULTURA, EDUCACIÓ I CICLES DE VIDA
M. Eugènia Gay i Rosell

REGIDOR DE CULTURA I INDÚSTRIES CREATIVES /
Xavier Marcé Carol

GERENT DE L'INSTITUT DE CULTURA DE BARCELONA
Oriol Martí Sambola

CONSELL D'EDICIONS I PUBLICACIONS
DE L'AJUNTAMENT DE BARCELONA
**Xavier Marcè Carol, Gemma Arau
Ceballos, Maria Buhigas San José,
Ferran Burguillos Martínez, Núria Costa
Galobart, Mireia Escobar Costa, Sonia
Fuertes Ledesma, David Lizoaín Bennett,
Oriol Martí Sambola, Lluís Mauri Roldán,
Àlex Montes Flotats, Jaume Muñoz
Jofre, Joan Ramón Riera Alemany, Pilar
Roca i Viola, Miquel Rodríguez Planas,
Edgar Rovira Sebastià, Montserrat
Surroca Comas i Anna Giralt Brunet**

DIRECTORA DE COMUNICACIÓ
Pilar Roca i Viola

DIRECTORA DE SERVEIS EDITORIALS
Núria Costa Galobart

Direcció de Serveis Editorials
Passeig de la Zona Franca, 66, 08038 Barcelona. Tel. 93 402 31 31
barcelona.cat/barcelonallibres

ARTICLE 9

DIRECTOR
Jordi Pino

CONCEPTE
Jordi Pino, Pablo G. Polite, Diana Padrón

EDICIÓ I COORDINACIÓ
Pablo G. Polite, Diana Padrón

TEXTOS
**Ramón del Castillo, Gisela Chillida,
Andreas Malm, Diana Padrón,
Jordi Pino, Pablo G. Polite, Lucía Vicent**

ENTREVISTES
Jordi Colomer, Andreu Escrivà

TRADUCIÓ I CORRECCIÓ DE TEXTOS
Adolf Fuertes, Núria Riambau

FOTOS
**Irene de Andrés, Daniel de la Barra,
Olalla Gómez, Jorge Isla, Leo Pum,
Marta R. Chust i Roc Domingo,
Edu Ruiz, Bárbara Sánchez Barroso,
Huaqian Zhang**

IL·LUSTRACIONS
Marc Herrero

DISSENY
Parte Studio (Estela Ibarz + Berta Mir)

IMPREMTA
Descontrol

AGRAÏMENTS
**Capitan Swing
Ramon Solé
Direcció de Serveis a les Persones -
Districte de Sant Andreu**

DIPÒSIT LEGAL
B 3906 – 2016

ISBN
978-84-9156-594-9

ISSN
2938- 3293

EDICIÓ
500 exemplars

**Amb la col·laboració de l'Institut
de Cultura de Barcelona (ICUB).**

Sun

Editorial
JORDI
PINO
ANTROPÒLEG I DIRECTOR
DE SANT ANDREU
CONTEMPORANI
P. 6

Desenvo-
lupament
sostenible
(per i per al
capitalisme).
Entrevista
a Andreu
Escrivà

PABLO
G. POLITE
CRÍTIC D'ART, INVESTIGADOR I
COMISSARI INDEPENDENT
P. 22

A la recerca
dels orígens de
l'economia fòssil

ANDREAS MALM
ESCRIPTOR, PERIODISTA I ACTIVISTA
P. 8

Trobades a la tercera zona
RAMÓN DEL CASTILLO
ESCRIPTOR I CATEDRÀTIC DE FILOSOFIA (UNED)
P. 34

mari

La crisi climàtica és un repte global. Representa un dels desafiaments més grans de la nostra era i requereix una reflexió profunda i contínua per discernir i assenyalar els factors que ens han portat a la situació actual. En aquest context sorgeix la noció de «capitalocè», encunyada pel filòsof Franco Berardi, un neologisme que pretén encapsular la intersecció entre el capitalisme i la crisi ecològica.

JORDI PINO

ANTROPÒLEG I DIRECTOR DE SANT ANDREU CONTEMPORANI

Editorial

Berardi aprofundeix en aquesta idea assenyalant que el capitalisme contemporani no només és voraç en termes econòmics, sinó que també és obscè en la seva relació amb la natura i amb els éssers humans. En el seu afany d'acumulació de riquesa, el capitalisme sacrifica la salut del planeta i de les persones, perpetua les desigualtats socials i destrueix la diversitat biològica i cultural. Tot i així, paradoxalment, presumeix d'una dubtosa moral ecològica, sovint disfressada com a «capitalisme verd». Es produeix, per tant, una aparent resposta del sistema a les creixents preocupacions mediambientals. No obstant això, és crucial examinar-la de prop per discernir les iniciatives genuïnes de les que són clarament un *greenwashing*.

El neoliberalisme, com a sistema econòmic dominant, amb les seves polítiques de lliure mercat, desregulació i privatització ha contribuït de manera significativa al deteriorament ambiental. La cerca incessant de guanys i el consum desmesurat han portat a la sobreexplotació de recursos naturals i a l'emissió descontrolada de gasos amb efecte d'hivernacle. No obstant això, el capitalisme verd intenta presentar-se com una solució que promou pràctiques empresarials suposadament sostenibles. Aquesta aparent consciència ecològica, en molts casos, no és més que una estratègia per perpetuar un immobilisme. Es crea una ficció que suggereix que el mercat, mitjançant l'adopció de pràctiques ambientals, pot resoldre la crisi climàtica. Això, però, serveix sovint per emmascarar la veritable naturalesa del liberalisme, que s'ha mostrat inherentment insostenible en la seva recerca de creixement infinit.

Des del punt de vista antropològic, és crucial examinar com les estructures socials i econòmiques influeixen en la relació de la humanitat amb el medi ambient. El capitalocè destaca que el capitalisme no només afecta la naturalesa, sinó també la manera com les persones perceben i es relacionen amb el seu entorn. La ideologia consumista impulsa la degradació ambiental al mateix temps que modela les aspiracions i valors de les societats. És interessant, també, observar en la mateixa línia que moltes societats han interioritzat la lògica del consumisme i l'explotació ambiental com a part integral de la seva identitat. L'èpica del creixement econòmic sovint s'associa amb el progrés, cosa que dificulta el qüestionament de les pràctiques perjudicials per a les relacions entre persones i el medi ambient. En aquest sentit, la crisi climàtica no és només un fenomen ambiental, sinó també un reflex de les dinàmiques socials i culturals impulsades pel capitalisme.

Superar la falsa moral ecològica implica no només canviar pràctiques empresarials, sinó també qüestionar i transformar les estructures fonamentals que perpetuen l'explotació de la natura i les desigualtats socials. És fonamental transcendir la retòrica superficial de l'ecoposture i advocar per canvis estructurals que abordin l'arrel del problema. La consciència ambiental ha de ser autèntica, i no simplement un recurs de màrqueting. Adoptar un enfocament més holístic, que impliqui canvis en la cultura i els valors, és essencial per construir el camí cap a la sostenibilitat real.

Des de l'art, cal plantejar una visió crítica d'aquesta situació , desafiar els models dominants i revelar les contradiccions del capitalisme verd. Nombrosos artistes han utilitzat la seva creativitat per qüestionar l'*statu quo* exposant les injustícies ambientals i socials que resulten de la cerca desenfrenada de guanys. *Article 9* vol ajudar a revelar la complexa relació entre el capitalocè, la crisi climàtica i la cultura; a suscitar una reflexió crítica sobre les narratives hegemòniques; a generar consciència i fomentar l'acció col·lectiva contra aquest model capitalista que està portant el planeta al punt del col·lapse.

En un sistema regit per interessos egoistes que enfosqueix el nostre present i futur immediats, somniar pot tenir càrrega política i ser un incentiu per a la resistència i el canvi. Des d'aquesta publicació, d'una manera humil però activista i contundent, amb els nostres col·laboradors i artistes volem convidar-te a gaudir de la seva lectura i a reflexionar des d'aquesta altra mirada.

A la dels l'economia

ANDREAS MALM

ESCRIPTOR, PERIODISTA I ACTIVISTA

MUESTRA METAGEOLÓGICA 07_, Leo Pum, 2022

recerca orígens de fòssil*

Què volem dir amb «economia fòssil»? Una definició senzilla seria: una economia de creixement autosostingut basada en un consum cada vegada més gran de combustibles fòssils i que, per tant, genera un creixement constant de les emissions de diòxid de carboni. Sinònim aproximat de *normalitat capitalista* en el vocabulari de les polítiques climàtiques, és, diem nosaltres, el principal impulsor de l'escalfament global. Va aparèixer per primera vegada durant la Revolució Industrial, la qual va fer la gran proesa històrica d'inaugurar una era de «creixement autosostingut», és a dir, no un creixement puntual, efímer, interromput després d'un fugaç floriment, sinó persistent i continu, una progressió secular propulsada per les seves pròpies forces internes.[1] Per descomptat, en termes biofísics o termodinàmics, cap creixement es pot alimentar a si mateix: una de les lliçons fonamentals de l'economia ecològica és que sempre depèn de la retirada i la dissipació de recursos naturals. No obstant això, gràcies a mecanismes que caldrà detallar més endavant, el foc del creixement modern reprodueix un gas econòmic que s'encén i produeix, necessàriament, més creixement; i el resultat del procés l'esperona a seguir endavant, reforça de nou el bucle a una escala més àmplia, i només en aquest sentit és autosostingut. L'*economia fòssil* va néixer quan aquest foc es va començar a alimentar amb el combustible material de l'energia fòssil.

És evident que l'economia fòssil, segons aquesta definició, no pot retre compte de tota la influència humana sobre el clima. La crema de combustibles fòssils és només una causa de l'escalfament global, de la mateixa manera que el sol és només un dels cossos del sistema solar i el president nord-americà només és un element dins d'un equip més ampli: la resta, febles en comparació, giren al seu voltant. El «canvi d'usos del sòl» —llegiu «desforestació»— suposa una quarta part de tot el CO_2 alliberat des del 1870 però la seva importància no ha deixat de minvar i ara mateix representa al voltant del 8% de les emissions, mentre que els

1. Vegeu, p. ex., Hobsbawm, E. (1999). *Industry and Empire: The Birth of the Industrial Revolution*. Londres: The New Press [1968], p. 12-13 [trad. cast.: *Industria e imperio: una historia económica de Gran Bretaña desde 1750*. Barcelona: Ariel, 1988, trad. de Gonzalo Pontón]; Landes, D. (2003). *The Unbound Prometheus: Technological Change and Industrial Development in Western Europe from 1750 to the Present*. Cambridge: Cambridge University Press [1969], p. 3, 41, 80-81 [trad. cast.: *Progreso tecnológico y revolución industrial*. Madrid: Tecnos, 1979, trad. de Francisca Antolín Vargas].

combustibles fòssils acaparen pràcticament tota la resta [2]. Després hi ha els altres gasos amb efecte hivernacle —metà, diòxid de nitrogen, ozó, hexafluorur de sofre...—, amb unes històries socials que caldria explicar per poder tenir-ne un quadre complet. Però sí que es pot dir que la crema de combustibles fòssils és el nucli dur del problema, el factor quantitativament dominant i qualitativament determinant. Mereix una atenció especial. Perquè és la unió de l'expansió eco-nòmica i el consum d'energia fòssil el que ha fet que les emissions hagin continuat pujant fins als nivells actuals, totalment insostenibles (els quals, a més, no paren d'augmentar): aquest és el procés realment existent, la combinació que ens ha portat a aquest món més càlid.

Es pot parlar de tres desviacions fonamentals de la norma. Una economia que creix al mateix temps que les seves emissions s'estabilitzen, encara que sigui a un nivell elevat, pot ser considerada una economia fòssil desacoblada; encara es podria continuar basant en combustibles fòssils d'una manera aclaparadora, però només un dels seus dos components seguiria en moviment. Una economia en què no es pugui as-senyalar cap tendència en cap dels dos aspectes, es pot qualificar d'economia fòssil d'estat estacionari, mentre que una economia amb emissions en contí-nua disminució —a causa d'una fallada espontània, de polítiques orquestrades deliberadament o d'algun altre factor— és una economia fòssil en declivi. Quan

Si les emissions de diòxid de carboni deixessin d'augmentar i es mantinguessin constants, les concentracions atmosfèriques d'aquest gas encara continuarien pujant: al final, el que compta per al clima són els volums absoluts de CO2. Per què, doncs, s'inclou el seu *creixement* en la definició d'economia fòssil?

2. Vegeu Stocker, T. et al. (ed.) (2013). *Climate Change 2013: The Physical Science Basis. Working Group I Contribution to the Fifth Assessment Report of Intergovernmental Panel on Climate Change.* Cambridge: Cambridge University Press, p. 50-52, 489-494; Friedlingstein, P. et al. (2014), «Persistent growth of CO2 emissions and implications for reaching climate targets», *Nature Geoscience*, 7, p. 711-712.

Campanya sostenible de Repsol-Iberia

aquestes variants s'han arribat a donar en la realitat, s'ha tractat d'excepcions que confirmaven la regla, o d'aberracions respecte a la normalitat capitalista (suposats desacoblaments contradits per emissions a l'alça incorporades en les importacions; situacions estacionàries com a tret passatger d'una crisi, com al 2009; declivi —en particular, a l'Europa de l'Est als anys noranta— seguit d'una recuperació)[3]. Res d'això no desmenteix la definició que hem donat de l'objecte de la nostra investigació històrica.

L'economia fòssil té caràcter de totalitat, d'entitat diferenciada: una estructura socioecològica en la qual un determinat procés econòmic i una determinada forma d'energia estan soldats l'un a l'altra. Manté una certa identitat al llarg del temps; contràriament als axiomes de l'individualisme metodològic, l'individu embrionari està suspès en el seu fluid. La persona que neix avui a la Gran Bretanya o a la Xina, ingressa en una economia fòssil preexistent, que ha adquirit des de fa molt temps una realitat pròpia i que s'enfronta al nounat com un fet objectiu. Posseeix autèntics poders causals, el més notable dels quals és alterar les condicions climàtiques del planeta Terra, però això passa únicament com a resultat del seu poder per dirigir el comportament humà. La gerent d'una fàbrica es veurà pressionada [4] per obtenir energia connectant-se a la xarxa procedent de la central tèrmica de carbó més propera, en lloc de construir la seva pròpia roda hidràulica. La propietària d'una empresa enviarà les seves mercaderies al mercat mundial en vaixells de càrrega de fuel, en comptes fer-ho en vaixells de vela. Una caixera pot no tenir altra opció que anar a treballar al supermercat amb cotxe —el que és segur és que no hi anirà a cavall—, i si se'n vol anar de vacances, toparà amb abundant publicitat que li ofereix l'avió com a opció de transport. A més, cap d'aquestes activitats, emissores de gasos, seria possible si no estiguessin integrades en l'economia fòssil: en una illa deserta, o en un país que hagués quedat al marge d'aquesta economia, un individu no en podria portar a terme cap. Com a tal, doncs, l'economia fòssil és una substància totalment històrica. Ha hagut de néixer en algun moment. Els poders causals que actualment exerceix són propietats esdevingudes: no sempre hi han estat. Determinats agents han hagut de crear-la per mitjà d'activitats que cal entendre com un moment de construcció, per més que, un cop erigida, l'estructura d'un edifici acabi sent un tret perdurable del món; arrelada a l'entorn, condiciona els moviments de les persones que són a dins. Al final, acaba resultant indistingible de la vida mateixa: és

la normalitat capitalista. Però l'economia fòssil es va construir en algun moment i, des d'aleshores, s'ha reproduït i ampliat, i qualsevol cosa que s'hagi edificat en el temps pot ser demolida (o pot escapar-se'n)[5].

De manera que, com va començar tot? On ens portaria la cerca d'un moment de construcció? Tot i que hi ha diversos països que podrien reclamar el fet de ser bressol de la modernitat, el capitalisme, la Il·lustració o la democràcia liberal, l'economia fòssil té un lloc incontestable de naixement: la Gran Bretanya, que l'any 1825 representava el 80% de les emissions globals de CO_2 derivades de la crema de combustibles fòssils, i el 62% d'aquestes emissions l'any 1850 [6]. Hi ha un marge d'error en aquestes xifres, però ens donen una idea de les proporcions i les tendències, i semblen indicar que la Gran Bretanya va perdre part de la seva superioritat a mesura que el consum de combustibles fòssils es va estendre a altres països, però va continuar generant més de la meitat de les emissions mundials fins ben entrat el segle XIX. L'origen de l'embolic en què estem ficats cal situar-los en sòl britànic.

És per això que s'ha accentuat sensiblement l'interès per revisar la Revolució Industrial britànica a la recerca de pistes sobre com va passar tot això i —no menys important— sobre què es pot fer ara. En aquella època es va produir una transició energètica —la definició més simple de la qual pot ser el canvi d'un sistema econòmic dependent d'una o diverses fonts d'energia i tecnologies, a un altre— i, com que ara ens dirigim a una altra transició, conclou el raonament, hem d'aprendre del passat per fer-ho tant bé com puguem[7]. Si ens imaginem l'economia fòssil no com un edifici estàtic sinó, més aviat, com un tren que en algun moment del passat va entrar a la perillosa via on es

3. **Sobre emissions incorporades a les importacions, vegeu més endavant; sobre l'efímera reducció de les emissions durant la recent crisi financera, vegeu** Peters, G. P. et al. (2011). «Rapid growth in CO2 emissions after the 2008–2009 global financial crisis», *Nature Climate Change*, 1(2).

4. **Sempre que és possible, recollim en la traducció l'opció de l'autor pel gènere gramatical femení en determinades referències pronominals, que en el pas al català s'estén a altres categories gramaticals. (N. del T.)**

5. **questa interpretació de l'estructura s'inspira en** Sewell Jr., W. (2005). **Logics of history. Social theory and social transformation.** Chicago: The University of Chicago Press; Elder-Vass, D. (2010). *The Causal Power of Social Structures.* Cambridge: Cambridge University Press; Elder-Vass, D. (2012). *The Reality of Social Construction.* Cambridge: Cambridge University Press.

6. **Boden, T.; Marland, G.; Andres, R. (2013).** *Global, Regional, and National Fossil-Fuel CO2 Emissions.* Oak Ridge: Carbon Dioxide Information Analysis Center. cdiac.ornl.gov

7. **Fouquet, R.; Pearson, P. (2012).** «Past and prospective energy transitions: Insights from history», *Energy Policy,* 50 (novembre), p. 1.

troba ara, ens cal saber alguna cosa del mecanisme de les agulles que permetrien entrar en una ruta més segura. La Revolució Industrial britànica adquireix, en aquest punt, la condició d'arxiu únic d'ensenyaments. I què és el que diuen, aquests ensenyaments? «Primer, que la transició va ser lenta. Segon, que va ser impulsada pels preus. Tercer, que va requerir tecnologia nova». Afegiu-hi, en quantitats iguals, capital humà, descobriments científics, cooperació i l'egoisme més estret de mires i, conclou l'historiador de l'economia Robert Allen, una transició futura a energies sostenibles inclourà igualment aquestes característiques. I, el que és més important, «la gent respon a l'incentiu dels preus»[8].

Una lliçó que sovint s'extreu del canvi als combustibles fòssils és precisament que es va perllongar molt en el temps, que va passar per diverses fases d'experimentació plenes d'obstacles i que els seus diversos actors van aprendre molt lentament a dominar la nova forma d'energia. D'aquí es conclou que caldria sortir dels combustibles fòssils al mateix ritme, i abstenir-se de qualsevol «ampliació prematura de les tecnologies i les indústries[9]». Una transició demana temps. Encara més peremptòria és, com veurem, la suposada lliçó dels preus: els combustibles fòssils van guanyar aquella carrera perquè eren els més barats, i ara caldria assegurar aquest mateix avantatge a les alternatives renovables, si és que tenen cap oportunitat. A més, si la Revolució Industrial britànica constitueix un model per a «la segona revolució industrial» o revolució verda, o baixa en carboni, o sostenible, encara hi ha una altra lliçó que sembla inevitable: «L'afany de lucre de les petites i mitjanes empreses, més que no pas l'acció comunitària, podria impulsar la innovació». El fet que els instigadors del canvi en aquell temps «fossin competitius capitalistes i es fessin rics gràcies a això», ens aconsella evitar la idea que «només les iniciatives comunals poden impulsar el canvi radical[10]». Capitalistes desenvolupant tecnologies a preus baixos: aquest és el manual que cal seguir.

Tot i això, qualsevol paral·lelisme directe entre l'entrada a l'economia fòssil i la sortida de l'economia fòssil és espuri. S'assembla molt, això, a la fal·làcia de pressuposar que el present és en essència igual que el passat, la qual cosa autoritza una transferència immediata de principis, com quan els generals d'un exèrcit ideen les seves estratègies a partir d'antigues batalles i pateixen una severa derrota en oblidar la regla heraclitiana segons la qual hom no pot entrar dues vegades en el mateix riu. Com han assenyalat diversos estudiosos, la transició ara imminent —si és que realment ho és— estaria motivada per la necessitat urgent de conjurar, o almenys minimitzar, el catastròfic canvi climàtic, un perill al qual la humanitat mai abans no s'ha enfrontat i que, de ben segur, no estava entre els càlculs dels primers industrials britànics. La qualitat més apreciada de l'energia renovable serien les baixes o nul·les emissions de diòxid de carboni: un bé públic, no un benefici privat. Si el temps es caracteritza ara per alguna cosa, és pel fet de ser escàs. Aquestes i altres raons fan que la propera transició no pugui participar dels trets canònics de la Revolució Industrial britànica; per sobre de tot, aquesta vegada hauria d'estar planificada col·lectivament[11].

8. Allen, R. (2012). «Backward into the future: The shift to coal and implications for the next energy transition», *Energy Policy*, 50 (novembre), p. 17, 23.

9. Grubler, A. (2012). «Energy transitions research: Insights and cautionary tales», *Energy Policy*, 50 (novembre), p. 14.

10. Bellaby, P.; Flynn, R.; Ricci, M. (2010). «Towards Sustainable Energy: Are there Lessons from the History of the Early Factory System?», *Innovation*, 23, p. 344.

11. Com sostenen, p. ex., Pearson, P.; Foxon, T. (2012). «A Low Carbon Industrial Revolution? Insights and Challenges from Past Technological and Economic Transformations», *Energy Policy*, 50 (novembre), p. 117-127.

Però es trobaria amb obstacles. Les mesures necessàries per a una retirada progressiva, obligatòria, ràpida i políticament dirigida dels combustibles fòssils poden ser, com assenyala lacònicament l'IPCC en un «Resum per a responsables de polítiques» del 2007, «difícils d'implementar», a causa d'allò que el grup qualifica d'«impediment principal», és a dir, la «resistència per part d'interessos privats[12]». En aquestes poques paraules aflora, de manera condensada, tot un món d'antagonismes. Cal, doncs, desfer-se dels combustibles fòssils perquè la civilització humana pugui perdurar i prosperar, però hi ha «interessos privats» que s'interposen en el camí. En què consisteixen, aquests interessos privats?

Aquí hi podria haver una raó millor per tornar a examinar la Revolució Industrial. Si l'economia fòssil és un tren que mai no s'atura i que sempre accelera, fins i tot quan s'acosta a un precipici, del que es tracta és de frenar (o potser saltar) a temps; i si hi ha una maquinista que intenta impedir-ho, segurament és que porta una estona asseguda als comandaments de la locomotora: necessitem saber qui és i com treballa (o potser és una màquina automàtica, un artefacte sense conductor, però la necessitat continuaria sent la mateixa). Podria ser que els interessos que un cop van posar el tren en marxa, encara el continuïn impulsant. D'aquesta manera, la transició anterior no seria tant un model per a la següent com una clau per entendre i apartar els obstacles. No ho podem saber amb certesa: és només una sospita. Naturalment, hi ha la possibilitat que els motius inicials que van portar a adoptar els combustibles fòssils no tinguin res a veure amb l'interès actual per aferrar-s'hi, la qual cosa es podria haver fet amb els comandaments en algun moment del viatge. Però si volem saber alguna cosa més sobre les forces propulsores de l'economia fòssil, les lleis que en regeixen el moviment i els interessos que hi ha implicats, el principi sembla un bon lloc per començar.

Independentment que aquesta investigació la plantegem com una cerca de paràboles o com una cerca d'enemics, el pressupòsit subjacent és que cal engegar una acció positiva: que encara no és massa tard. Però, i si ho fos? «Si no actuem abans del 2012, serà massa tard», va declarar Rajendra Pachauri, president de l'IPCC, el 2007: «El que fem en els propers dos o tres anys determinarà el nostre futur. Som en el moment decisiu[13]». Què passaria si aquesta afirmació no fos una mera retòrica, sinó una predicció exacta que aviat es veurà plenament justificada? Tindrà, aleshores, cap sentit anar furgant en els annals de l'economia fòssil? No hi haurà gaires qüestions històriques que segueixin sent d'interès, si el nivell del mar puja dos metres; aquesta en podria ser una. O segons Gardiner: tenim el «deure de donar testimoni dels errors greus encara que hi hagi poques esperances de canvi[14]». La raó militant per estudiar la història de l'economia fòssil té un suport de caràcter contemplatiu. La qüestió es redueix, per dir-ho de la manera més senzilla possible, a una pregunta candent: com hem arribat a aquest atzucac?

Le Reflet, Jorge Isla, 2021

12. IPCC (2007). «Summary for Policymakers», a B. Metz, O. Davidson, P. Bosch, R. Dave i L. Meyer (ed.), *Climate Change 2007: Mitigation. Contribution of Working Group III to the Fourth Assessment Report of the Intergovernmental Panel on Climate Change*, Cambridge: Cambridge University Press, p. 20. La cursiva és nostra.

13. Citat al *New York Times*, «U. N. report describes risks of inaction on climate change», 17 de novembre del 2007.

14. Gardiner, S. (2013). *A perfect moral storm: the ethical tragedy of climate change*. Oxford: Oxford University Press, p. 437. La cursiva és nostra.

(*) Malm, A. «En busca de los orígenes de la economía fósil», extracte de l'assaig *Capital fósil. El auge del vapor y las raíces del calentamiento global* (Madrid: Capitán Swing, 2020; traduït per Emilio Ayllón Rull). [Títol original: *Fossil Capital: The Rise of Steam Power and the Roots of Global Warming* (2017)]

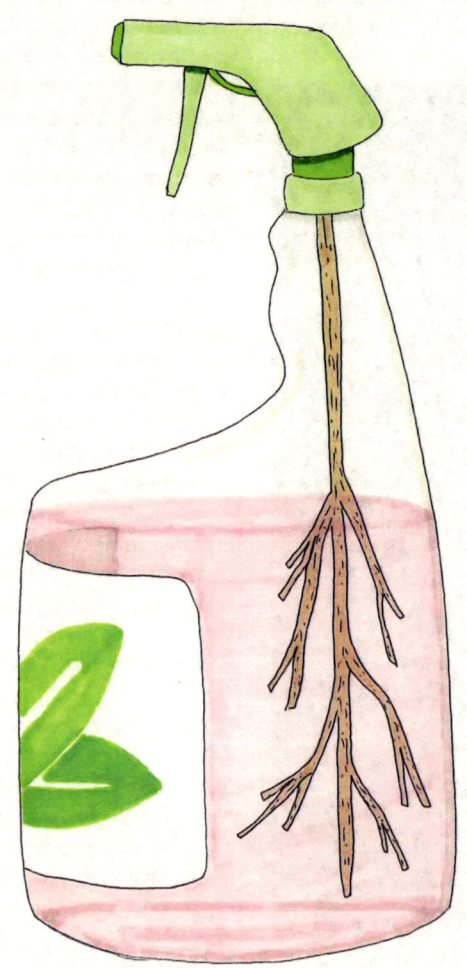

Il·lustracions de Marc Herrero

Estratègies de negoci al voltant del capitalisme verd.

Readaptació del capitalisme per respondre a l'exigència de l'acumulació

LUCÍA VICENT

ECONOMISTA I ECOFEMINISTA

Al llarg de la història, la forma de mirar el món i interpretar la realitat que ens envolta ha estat marcada per la perspectiva hegemònica pròpia de cada context particular, que, condicionada pels interessos d'aquells agents de més poder i en línia amb els valors socials dominants en un moment concret, preval sobre les altres i confecciona l'entramat conceptual que orientarà els interrogants, focus d'interès, procediments i, en definitiva, respostes als problemes que afecten la societat. En conseqüència, s'imposa una cosmovisió que estableix les prioritats a perseguir, i que pot ometre de la interpretació tot allò que distorsioni o qüestioni l'objectiu subjacent a aquesta manera d'aproximar-nos a la realitat.

Azul abandonado (detall), Eduard Ruiz, 2017. Cortesies: Sant Andreu Contemporani, Galería CityArt, Alessia Locatelli.

En el terreny de l'economia, comprovem que s'imposa una visió que impregna el discurs oficial, que podríem anomenar *economia política del capital*, dins la qual s'emmarcarien totes aquelles aportacions i discussions teòriques i polítiques que, malgrat les distàncies en les seves posicions, comparteixen una matriu interpretativa comuna que aspira a mantenir intactes les lògiques de funcionament del model vigent, el capitalisme.

Aplicant la retrospectiva, es comprova que la màxima d'aquest sistema econòmic és l'exigència de l'acumulació, i això obliga a garantir la rendibilitat del capital privat i les taxes de benefici a qualsevol preu. Els trets distintius del sistema capitalista demostren que el model productiu i d'acumulació s'ha basat, i es continua basant, en l'explotació del treball assalariat; l'espoliació dels recursos naturals als països empobrits; un creixement basat en energies fòssils que estén la pobresa, l'exclusió, la desigualtat; un sistema que obliga a ajustar contínuament les nostres condicions de vida, que és destructor, contaminant i, en definitiva, contrari a les necessitats socials i a la supervivència humana, així com de la resta d'espècies que cohabiten al planeta. Cal referir-se, per tant, a un sistema econòmic generador de tensions creixents i conseqüències devastadores, amb una potencialitat que ha consistit en la seva capacitat per sobreposar-se a les importants crisis, conflictes i desequilibris que l'han travessat, i resistir davant dels debats passats que poguessin plantejar altres alternatives a aquest model.

Gràcies a altres mirades i propostes interpretatives, crítiques amb els plantejaments que insisteixen en el manteniment del model vigent, com és el cas de l'ecofeminisme, avui és possible desvelar les lògiques, relacions, jerarquies i formes d'organització social que reprodueix el capitalisme i es retroalimenten a dins seu. La centralitat d'allò econòmic i els designis del mercat impregna i supedita la resta d'esferes que afecten la nostra quotidianitat (l'esfera pública, la social, la domèstica, l'ecològica) a través de la promoció d'unes relacions econòmiques de producció i organització dels treballs que compromet la viabilitat de la natura i els seus límits biofísics, i que porta al límit la manera com s'atenen les activitats de cures que sostenen la reproducció de la vida present i futura. Perquè el compliment amb el creixement, l'acumulació i la rendibilitat del capital, com remarquen aquestes altres mirades ecologistes i feministes, es recolza en una base material i immaterial que es resol a l'esfera natural i a les llars, en aquests altres espais invisibilitzats, negats i no reconeguts tant des del punt de vista social com de l'econòmic. Sense les funcions ecosistèmiques que ens permet la biosfera (que ens proveeixen dels recursos naturals i energètics, de les condicions ' aquelles reproductives i tradicionalment assumides per les dones (que permeten disposar de la mà d'obra, en la quantitat i condicions requerides pel mercat), no hauria estat possible satisfer les exigències del model.

GROUND LEVEL

Sewage purification plant

service

storage

vertical service

ARRIVE AND LEAVE by train, bus, monorail, hover-craft, car, tube or foot at any time YOU want to - or just have a look at it as you pass. The information screens will show you what's happening. No need to look for an entrance - just walk in anywhere. No doors, foyers, queues or commissionaires: it's up to you how you use it. Look around - take a lift, a ramp, an esca-lator to wherever or whatever looks interesting.

CHOOSE what you want to do - or watch someone else doing it. Learn how to handle tools, paint, bables, machinery, or just listen to your favourite tune. Dance, talk or be lifted up to where you can see how other people make things work. Sit out over space with a drink and tune in to what's happening elsewhere in the city. Try starting a riot or beginning a painting - or just lie back and stare at the sky.

WHAT TIME IS IT? or summer - it real that roof will stop th ficial cloud will kee you. Your feet will the atmosphere clear not have your favou watch the thundersto

Estratègies de negoci al voltant del capitalisme verd. Readaptació
del capitalisme per respondre a l'exigència de l'acumulació

P.19

Ocultar la importància i les conseqüències per a aquests espais d'insistir en les prioritats de l'acumulació capitalista ha estat possible gràcies a la miopia dels diagnòstics amb capacitat per marcar l'agenda que orienta l'economia internacional, obviant interessadament les claus que ens permeten assenyalar les veritables causes que ens han conduït a la crisi ecosocial que patim. Els principals punts cecs són, precisament, la qüestió ecològica i les activitats que comporta la reproducció social. I no pas per casualitat. Capitalisme verd i digitalització: una solució a la crisi ecosocial o una estratègia que l'accentua?

Fun Palace, Huqian Zhang, **2020**

1. Se'n pot trobar un recorregut per al cas espanyol a González, E.; Ramiro, P. (2022). «El Estado-empresa español en el capitalismo verde», *La Pública*, 29 de juny de 2022. Disponible a: https://lapublica.net/ca/articulo/capitalismo-verde-espana/

2. Per aprofundir en aquest assumpte, es recomana consultar Vicent, L.; Luengo, F. (coord.) (2021). *Europa, pandemia y crisis económica*. Dossieres EsF, 43. Disponible a: https://ecosfron.org/portfolio/europa-pandemia-y-crisis-economica/

Actualment travessem un moment crucial en la configuració de les lògiques que guiaran l'acumulació capitalista a partir d'ara, amb uns efectes que dependran de les prioritats que orientin les respostes al voltant de la gran crisi multidimensional, sistèmica i civilitzatòria que s'estén a escala global. I això passa en un escenari mundial amb importants problemes de creixement econòmic, baixes taxes esperades de benefici i incapacitat per promoure avenços en matèria de productivitat, inversió o ocupació que resolguessin les dinàmiques d'estancament que comprometen l'acumulació. Es planteja, així, la necessitat de buscar alternatives que ofereixin respostes a les restriccions que comprometen els interessos de les grans elits econòmiques i corporacions empresarials. L'estratègia de les grans corporacions empresarials, avalada pels diferents nivells i espais d'intervenció que comprenen la institucionalitat i els poders públics, és l'aposta pel capitalisme verd i per la digitalització.

Apareix, aleshores, en aquest escenari la possibilitat d'incorporar alguns dels problemes del passat, altres d'emergents, de caràcter social i ecològic, que es desprenen del constant tensionament econòmic i que són susceptibles d'integrar-se sota la lògica mercantil i rendibilitzar-los. Comencen, aleshores, a localitzar-se posicionaments en el món empresarial i la classe política que relacionen els problemes emergents en el pla ecològic i social, almenys els més evidents i innegables per a la població en general —com ara els efectes del canvi climàtic, la insostenibilitat de la matriu energètica actual davant els requeriments del model productiu, la insuficient creació d'ocupació, l'extensió de la precarietat i els problemes de conciliació—, amb la necessitat d'un nou contracte públic i privat per a la promoció de noves fórmules de negoci que pivotin al voltant de la màxima de la digitalització i la transformació per a la sostenibilitat del model productiu. En contra del que pugui semblar, la seva consideració no resulta de la impossibilitat de seguir obviant els efectes ecològics o negant la insostenibilitat per a les cures de les exigències del capital, ni tan sols de no poder eliminar de l'equació la dependència de l'activitat econòmica i del creixement de les funcions ecosistèmiques que ofereix el món natural, sinó del fet que allò verd, la sostenibilitat o les noves formes d'organitzar el treball remunerat són integrables en una estratègia que obre nous espais d'oportunitat per a la rendibilitat empresarial.

Aquesta estratègia ja està en marxa i s'ha traduït en l'activació de línies de finançament i ajudes econòmiques, i ha trobat en aquesta via un dels principals mecanismes per remuntar les expectatives econòmiques d'etapes anteriors. Activar recursos i canalitzar-los cap al món empresarial no és nou, si considerem la intervenció pública que ha acompanyat la gestió econòmica de les dues grans crisis d'aquest segle XXI[1]. Les injeccions de liquiditat del Banc Central Europeu, els préstecs a fons perdut dels estats, la socialització de pèrdues empresarials a Espanya i altres economies de referència van ser clau en la crisi del 2008 per evitar fallides en cadena d'entitats privades i financeres que es van lucrar amb l'elevació dels riscos financers i l'expansió econòmica a través del crèdit. O si ens referim al protagonisme de l'Estat durant la paralització econòmica derivada de l'emergència sanitària com a garant d'ocupació i la supervivència de moltes empreses, així com al seu paper promotor de la reactivació econòmica posterior[2]. El que és nou és l'ideari que acompanya les noves vies de finançament que s'han activat al voltant del capitalisme «verd» per continuar fent girar la roda de les transferències públiques cap al terreny privat.

La magnitud dels recursos activats i la varietat de les línies obertes a què accedeixen les empreses converteixen la intervenció institucional recent, si més no, en un fet significatiu. De fet, els fons Next Ge-

Estratègies de negoci al voltant del capitalisme verd. Readaptació
del capitalisme per respondre a l'exigència de l'acumulació

P. 21

neration, provinents de la UE, suposen una operació inèdita orientada al finançament dels plans nacionals de reconstrucció, transformació i resiliència, i serveixen d'exemple de la ingent quantitat de recursos mobilitzats, aquesta vegada, com a teòrica resposta als problemes ecològics i socials que aborda la població mundial. I no són l'únic mecanisme públic per impulsar les iniciatives privades sota el paraigua del capitalisme verd. Altres tantes fórmules fan palès el suport públic a una suposada transformació ecosocial del model, com ara a les que ens remeten les ajudes directes a les pimes de la Cambra de Comerç d'Espanya o el programa cofinançat pel Fons Europeu de Desenvolupament Regional per millorar l'eficiència energètica, el mesurament de la petjada de carboni, l'economia circular i l'Agenda 2030.

Al voltant d'aquestes claus discursives, però especialment per accedir a aquests fons, són centenars les empreses i *startups* verdes i *tech* creades des dels paràmetres del desenvolupament sostenible, com també són molts els impulsos per a la creació de nous megaprojectes que diuen promoure un canvi del teixit productiu en nom d'un capitalisme més verd, més social. Les fórmules que sorgeixen estan recaient en aliances publicoprivades, d'àmbit transnacional en molts casos, que exigeixen elevats nivells d'inversió i que troben en la sostenibilitat mediambiental i la transformació productiva la porta d'entrada a nous nínxols de negoci on estendre les pràctiques mercantils. Aquest és el cas dels megaprojectes al voltant de les fonts d'energia renovable (parcs eòlics i fotovoltaics, grans centrals hidroelèctriques o iniciatives vinculades a l'hidrogen), la mineria de materials crítics (liti, níquel, zinc, plom, platí, cadmi, tel·lur, magnesi...) o els espais vinculats amb el desenvolupament de la digitalització (xarxes 5G, autopistes elèctriques, gigafactories, megagranges industrials...)[3].

Mentre s'insisteix en les possibilitats ecològiques i socials, a l'empara de la fe en la tecnologia, en el desacoblament material i la descarbonització del creixement, els problemes s'agreugen. A la pràctica, confirmem que l'aposta pel capitalisme verd i les aplicacions que se succeeixen al seu voltant no solament no redueixen el consum d'energia i materials, sinó que l'augmenten exponencialment. Davant la promesa de crear ocupació de qualitat, ben pagada i en bones condicions en sectors tecnològics lligats amb la transformació productiva, creixen les capes socials que queden excloses de l'ocupació i s'entenen les pràctiques corporativistes que estenen la precarietat, els salaris baixos i l'ajust constant i a la

baixa de les condicions laborals. Aquestes iniciatives restableixen les relacions econòmiques, concentren el capital, reconfiguren els territoris i influeixen en uns marcs reguladors que fan prevaler els interessos empresarials per sobre dels drets laborals i socials, a través de la rebaixa dels requisits laborals i ambientals de la regulació nacional dels països.

Impactes greus i diversos, en els àmbits ecològic, polític, social, econòmic o territorial, negatius en tots els casos, sí que permeten l'enriquiment empresarial, encara que sigui a costa de l'apropiació de recursos públics, naturals, fins i tot humans. Són terrenys en disputa on se situen els incentius de les grans corporacions transnacionals davant de les resistències populars i la lluita social que requereix disputar els espais ocupats pel capital. Aquest capitalisme verd, digital, és el relat que preval i que acota el debat de les alternatives sense entrar en la major, la compatibilitat del capitalisme, de les seves lògiques, amb la conservació de les condicions que permeten i sostenen la vida. Però, ara com ara, les dinàmiques es mantenen intactes. La lògica econòmica i la resposta als problemes en el *business as usual* no canvien, però sí la realitat que aquestes dinàmiques van teixint en un escenari geopolític especialment convuls, que atreu pràctiques autoritàries, neofeixistes, i afavoreix una polarització social creixent, on les urgències socials i ecològiques s'accentuen sense trobar resposta. D'aquí la urgència de les alternatives, en una situació que ens obliga a replantejar les fronteres del debat, a incidir en les perversions de mantenir intactes les exigències que caracteritzen el capitalisme, a evidenciar la impossibilitat de reformar aquest sistema per respondre als veritables reptes de la humanitat i del planeta, i a resituar les bases per a una veritable transformació ecosocial.

3. Vegeu Fernández, G. et al. (2022). «Megaproyectos: claves de análisis y resistencia en el capitalismo verde y digital». Observatorio de Multinacionales en América Latina (OMAL). Disponible a: https://omal. info/spip.php?article9739

Desenvolupament sostenible (per i per al capitalisme)

Vivim en un món capitalista i hiperconsumista, en el qual els principals sectors polítics i econòmics tenen molt clar el discurs sobre la sostenibilitat i el canvi climàtic però no permeten cap canvi que posi en joc els seus interessos. Ens reunim amb el divulgador i activista mediambiental Andreu Escrivà per desmantellar els mites i llegendes que ens han venut respecte a la crisi climàtica i conèixer algunes receptes per combatre'ls.

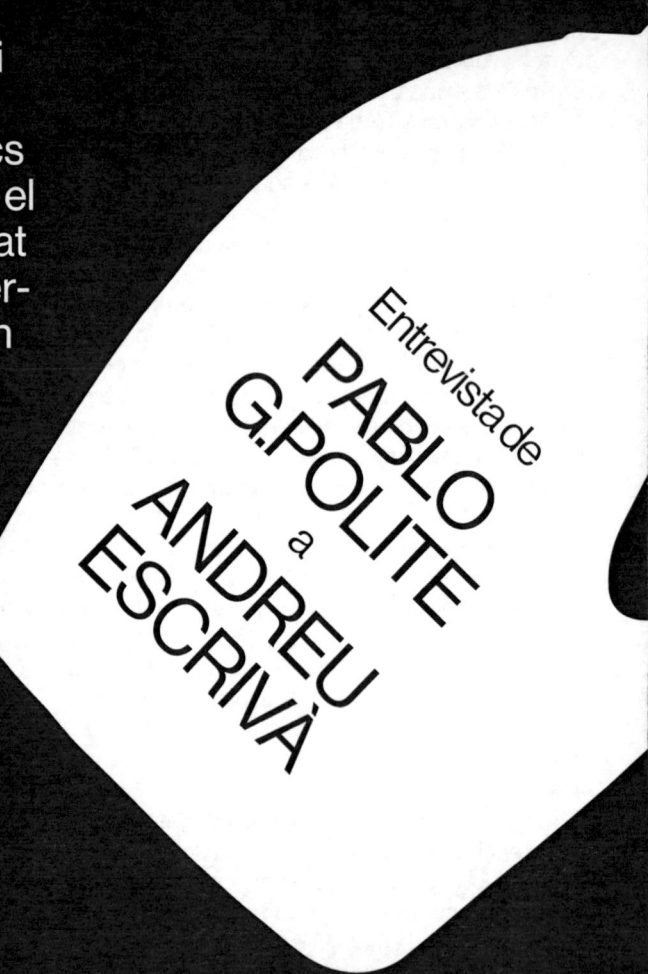

Entrevista de PABLO G. POLITE a ANDREU ESCRIVÀ

AE

Sí, jo crec que una mica, sí. La majoria de persones que ens dediquem a la crisi ambiental climàtica des de tots els vessants —des de la comunicació, des de la ciència, des de la tècnica o des de les institucions— ens anem radicalitzant a mesura que passen els anys, sobretot perquè veiem que l'acció és més urgent. Així que sí que m'estic radicalitzant i, a més, crec que és un sentiment compartit. Som molts i moltes els que anem elevant el to progressivament i ens anem adonant que no n'hi ha prou amb el que estem fent, i que necessitem no solament construir un futur diferent, sinó desmuntar aquells obstacles que ens mantenen ancorats en un present completament insostenible com l'actual.

PP

Gas renovable, carbó net, cotxes elèctrics, mobilitat sostenible... Ens han colat un gol amb això de la sostenibilitat o el *greenwashing*?

AE

Sí, completament. Al final és una sostenibilitat gatopardiana: que tot canviï perquè no canviï res, i això amb l'objectiu fonamental de sostenir el sistema mateix. És a dir, al final la sostenibilitat fa honor al seu nom apuntalant un sistema, el capitalisme actual, que és cada cop més voraç i està cada cop més desfermat i és inherentment insostenible. Aquell desenvolupament sostenible que ens havien venut com aquesta transformació de la societat, del sistema productiu, de la forma d'organitzar-nos, no està transformant res, sinó que estem desesperadament buscant vies per fer el mateix que estàvem fent, però d'una manera verda. I això no és possible, perquè el problema no és fer-ho, o no fer-ho més verd; el problema és l'estructura, els fonaments, la base. La manera com ens hem organitzat els éssers humans i el nivell de consum que tenim no és perllongable en el temps de cap manera, sota cap etiqueta de sostenibilitat, i no hi ha solució tècnica màgica que ho permeti, ja siguin els cotxes elèctrics o les energies renovables. Que el futur és renovable, per descomptat. Que el cotxe del futur és elèctric, per descomptat. Que haurem de seguir reciclant i intensificant el reciclatge, per descomptat. Però el futur del consum no és el reciclatge. El futur de la mobilitat no és el cotxe elèctric. I el futur de l'energia no és únicament produir molta més energia renovable, sinó aturar-nos un moment i dir: «Escolta, necessitem tanta energia. Per què no disminuïm una mica la nostra dimensió energètica?». La sostenibilitat, en definitiva, s'ha convertit en un producte de màrqueting, en una mena de reclam verd, en un segell o marxamo per vendre certes coses. I amb només un objectiu: fer-nos sentir bé

PP

J. G. Ballard, a la seva novel·la *El món submergit* (1962), considerada avui la primera gran obra profètica en el gènere de la ficció climàtica, va imaginar glaceres que es fonien, Londres submergida sota maresmes tropicals i poblacions que fugien de la calor en direcció als últims reductes polars. Podem acabar així?

AE

Sí, avui ja s'estan produint migracions climàtiques molt més dràstiques que cap migració que hàgim pogut contemplar en la història humana. Segons alguns estudis recents, fins al 30% —o més i tot— del que seria el nínxol d'habitabilitat humana, és a dir, aquells espais de la Terra on els humans poden viure i desenvolupar-se, podria quedar esborrat per culpa de la calor, la pujada del nivell del mar o altres fenòmens extrems. De fet, ja estem veient desplaçaments de milions de persones cada any per causes climàtiques. Però això es pot incrementar fins al punt que tractem de buscar refugi en latituds més altes per no estar exposats a una calor asfixiant que ens impedeixi viure.

PP

En el teu assaig *Contra la sostenibilitat*, desmuntes els llocs comuns del capitalisme verd i aportes reflexions que fan molt més que qüestionar-los. No obstant això, davant del to divulgatiu del teu llibre anterior, *I ara jo què faig? Com vèncer la culpa climàtica i passar a l'acció*, aquí no deixes canya dreta en relació amb els termes que utilitza el capitalisme verd per expandir-se. T'estàs radicalitzant?

PP

A la pràctica, podem confirmar que l'aposta pel capitalisme verd i les aplicacions que es succeeixen al voltant no solament no redueixen el consum d'energia i materials, sinó que el fan augmentar exponencialment.

AE

Exacte. L'eficiència energètica ha millorat en molts camps. L'eficiència o la productivitat agrícola han millorat també, igual que l'eficiència hídrica. Però fem servir molta més energia, molta més aigua, molt més sòl per produir moltíssim més, perquè s'han multiplicat no solament les persones, que no és el més important de tot això, sinó, sobretot, el consum.

PP

Al teu darrer llibre, comentes que la «neutralitat climàtica fa aigües per tot arreu». A què et refereixes, exactament?

AE

Que és un concepte que ha fet fortuna perquè sona molt bé, però que és un parany en si mateix i té dos punts febles a efectes pràctics. El primer és que es parla de neutralitat climàtica a 10, 20, 30, 40 anys vista, amb la qual cosa hi ha empreses que tenen plans en què es comprometen a disminuir les emissions o a ser neutrals a partir del 2050. No em serveix de res que tu em diguis que d'aquí a 40 anys disminuiràs les emissions, si ara les augmentes. Aquest és un dels problemes fonamentals. I l'altre punt feble és que la neutralitat climàtica parteix d'un coneixement molt pobre pel que fa a la compensació de carboni de la realitat ecosistèmica. Per exemple, es planten arbres perquè sí, és a dir, plantem arbres sense tenir en consideració ni els ecosistemes on es plantaran, ni les comunitats indígenes que hi estan vivint. Moltes de les reforestacions que es produeixen en el marc conceptual de la neutralitat climàtica acaben sent més perjudicials que beneficioses. La base metodològica d'aquesta compensació de carboni, quan té a veure amb reforestació o amb restauració ecosistèmica, és molt feble, afecta negativament la gent que viu en aquests llocs i pot acabar provocant més problemes i més emissions que compensacions.

PP

Amb unes proves de causalitat força consistents, el científic i economista nord-americà que dirigeix el Laboratori de Polítiques Globals, Solomon M. Hsiang, va concloure que un segle XXI amb temperatures més altes comportarà tota mena d'enfrontaments. Hi estàs d'acord?

AE

Lamentablement, hi estic d'acord. Com que no soc analista geopolític ni expert en política internacional, em guardo molt de fer profecies de cap tipus o anàlisis massa saberuts, però partint de la base que els recursos naturals han estat sempre una font de conflicte entre països i que nombrosos estudis indiquen que moltes zones del món quedaran inhabitables, els enfrontaments estaran garantits. Hi haurà desplaçaments de persones, hi haurà escassetat de recursos, en particular d'aigua, la qual cosa tindrà implicacions en les collites. No vull deixar d'esmentar aquí el genocidi de Gaza que estem vivint ara. Part del motiu pel qual s'està exterminant la població palestina té a veure amb l'apropiació de recursos de la Franja de Gaza. I passa el mateix a la guerra entre Rússia i Ucraïna. I en molts altres conflictes silenciats que amb prou feines transcendeixen els mitjans. Però, en definitiva, el fet que els recursos disminueixin cada vegada més en un entorn de més inestabilitat no prediu res de bo.

PP

També el Pentàgon es refereix al canvi climàtic com un «multiplicador d'amenaces». Mal temps igual a conflicte?

AE

El que fa el canvi climàtic és tensionar al màxim algunes qüestions fonamentals d'ús de recursos que ens poden portar a conflictes: seguretat alimentària, alimentació, calor extrema, pesca... I jo, aquí, sí que crec que no tenim la intel·ligència col·lectiva suficient per veure que, fins i tot des d'una perspectiva egoista, encara que alguns no es creguin això del canvi climàtic o creguin que no és tan greu, valdria la pena lluitar contra ell i ser molt més contundents en les mesures de mitigació i adaptació, perquè això és el que donarà lloc a un món més estable, més segur i més habitable. Més que ser una causa primària i única de conflictes, el canvi climàtic el que fa és augmentar-ne moltíssim el nombre, d'aquests conflictes.

PP

En aquest sentit, podria el canvi climàtic ser l'accelerador del nostre segle que precipiti les contradiccions del capitalisme tardà i acceleri les catàstrofes locals una darrere l'altra?

AE

No m'agrada ser tan apocalíptic, però sí, jo crec que sí. Pot ser l'iniciador, diguem-ne, d'una mena de caràmbola molt i molt poc falaguera sobre el nostre segle. El canvi climàtic provocarà un munt de problemes, des

de malalties arran de mar fins a pèrdues milionàries a les ciutats costaneres, i una caiguda en cascada d'empreses d'assegurances, que ja estan mirant com s'ho muntaran per no pagar els desastres climàtics. Sí, pot ser el desestabilitzador. Al final, el canvi climàtic el que fa és disminuir els recursos disponibles per a la humanitat. Vivim en un món en què, de moment, cada any serem més persones, un món que està tens, un món que tindrà menys recursos i un món amb potències emergents que reclamaran el seu lloc amb potències en descomposició com els Estats Units. Penso que és un escenari que requerirà unes dosis ingents d'intel·ligència col·lectiva i de capacitat d'entendre el moment i la situació per no arribar a aquesta acumulació de conflictes.

PP

Pot el moviment climàtic créixer de manera considerable, aconseguir el suport de les forces progressistes limítrofs i desenvolupar una estratègia viable per prendre l'Estat en un espai de temps tan limitat?

AE:

Jo crec que sí. Crec que cal tenir esperança, perquè si no, bona nit i tapa't! Això no significa no ser realistes, cal saber on som, quina és la correlació de forces, a què podem aspirar i què podem canviar. Però si alguna cosa m'ha demostrat el fet de portar tants anys parlant de canvi climàtic, és que podem canviar molt més ràpid del que pensem. Igual que el canvi climàtic s'accelera, té punts d'inflexió i no és lineal en moltes coses perquè és exponencial, també la societat pot ser-ho. Això sí, hem de prémer les tecles que toca des del punt de vista de la comunicació, la política, la ciència, la societat i la comunitat, perquè és aquí on hi ha la base per actuar, i totes les enquestes demostren que subestimem la voluntat dels nostres conciutadans d'actuar pel canvi climàtic. Sistemàticament, pensem que la resta de la gent no vol fer res, quan, en realitat, el 70% vol fer coses, i moltes. Estaria disposada, fins i tot, a donar un 1% dels seus guanys anuals per lluitar contra el canvi climàtic, amb la qual cosa el gran impediment que tenim ara mateix és que pensem que el futur està escrit. Pensem que la derrota és segura. Pensem que som una mena de venjadors solitaris del clima, quan, en realitat, el que no estem veient és que hi ha una enorme majoria, de moment silenciosa, que comparteix els nostres objectius i a la qual hem de saber despertar, activar i, sobretot, il·lusionar per construir un altre futur.

PP

En un context així, com podem activar les consciències?

AE

Doncs jo et diria que aquí no hi ha una solució única. No activarem de la mateixa manera la gent de 18 que la gent de 50, o la de 80. I tots i totes ens fan falta. Hem de deixar de pensar que hi ha una sola manera de comunicar el canvi climàtic. No, senyors, això no va de revelar la veritat i fer que la gent s'il·lumini i actuï en conseqüència. Va d'empatitzar, comprendre, entendre quin és el problema, les pors, les esperances d'aquestes persones respecte del canvi climàtic, i saber comunicar-ho de manera que els arribi. A més, hem de saber mostrar el camí de la victòria, de l'èxit o de l'esperança. El gran problema és que ens imaginem que la lluita ha d'anar lligada a un canvi total i radical del sistema. Perquè, al final, el diagnòstic és que el sistema és el capital obscè. I, llavors, el que cal mostrar és que hi ha petites utopies possibles, hi ha canvis possibles, hi ha victòries possibles —victòries en l'àmbit personal, en el comunitari, en el laboral, en el polític, en el científic, en el cultural—. Hi ha victòries en moltes bandes.

PP

Pot ser que falti una certa pressió social en aquest àmbit, una major mobilització?

AE

No del tot. Hem de saber valorar aquestes victòries que hem aconseguit i inspirar-nos-hi; veure que és possible i que sí, que potser no arribarem mai a aquesta utopia fantàstica en què, amb un espetec de dits, canviem el sistema i, de sobte, la insostenibilitat desapareix i hi ha pau al món i tots lluitem contra l'emergència climàtica de forma coordinada i sostinguda, però sí que podem anar millorant allò que tenim més proper i, a partir d'aquí, anar construint de baix a dalt; anar construint, recolzant-nos, tenint una base sòlida en allò comunitari, unint-nos amb altres persones. Mai canviarem res ni ens esperançarem si estem sols i soles. Necessitem fer-ho amb altres persones, sigui en la família, a la feina, amb els amics, a l'associació de veïns; on sigui. Perquè, si pensem que això és una pel·lícula de Hollywood en la qual som un superheroi i hem de canviar la realitat nosaltres sols, fracassarem, ens deprimirem i se'ns menjarà l'ansietat. Això cal fer-ho sempre amb altres persones, des de la perspectiva de teixir relacions, perquè això serà el que ens permeti millorar i créixer en la lluita climàtica. Fer les coses de manera atomitzada, com vol el capitalisme neoliberal, l'única cosa que fa és desanimar-nos i convèncer-nos que no hi ha alternativa.

PP
Al final, la conclusió és que l'actual sistema econòmic és insostenible i que l'única manera de reduir les emissions i evitar els pitjors impactes de la crisi climàtica és canviar de model?

AE
Tal qual.

Banderas negras, Daniel De La Barra, 2021. Cortesies: Centre d'Art Lo Pati, Galeria Joan Prats.

Alguns antídots contra el _greenwashing_

Orgullosos de reciclar. Nou envàs amb ampolles fetes de plàstic recollit de l'oceà. Per tu, pel planeta. #ReconeguemElCampEspanyol. Activistes per la salut. Conscious Collection. Green Beauty. Les coses que estimem mai no haurien de desaparèixer.

Les empreses s'han adonat que sí, que ens importa el planeta. Volem ser consumidores justes i preferim productes sostenibles. Sabem que la producció desmesurada està consumint els recursos a una velocitat sense precedents. La temperatura global mitjana de la Terra ha augmentat aproximadament d'1,2 graus Celsius des de finals del segle XIX; aproximadament 1 milió d'espècies de plantes i animals estan en perill d'extinció a causa d'activitats humanes, i s'estima que la taxa d'extinció d'espècies és, actualment, entre 100 i 1.000 vegades més gran que el ritme natural; la contaminació de l'aire és responsable d'aproximadament 7 milions de morts prematures cada any a tot el món; s'estima que cada any es perden al voltant de 10 milions d'hectàrees de boscos arreu del món, xifra que equival aproximadament a la mida d'Islàndia; la desforestació és responsable d'aproximadament el 10% de les emissions globals de gasos amb efecte d'hivernacle.

GISELA CHILLIDA
CRITICA D'ART, COMISSÀRIA INDEPENDENT I GESTORA CULTURAL

El món s'esgota, i això és responsabilitat nostra. Davant d'una crisi ecològica innegable, cada vegada som més conscients que no tot s'hi val a l'hora de consumir. Hem pres consciència ecològica i sabem que només és qüestió de temps que els danys siguin irreversibles. Si seguim així, només ens quedarà entonar un rèquiem. L'ecoansietat respon a aquesta culpa i impotència en contemplar l'abast de la crisi mediambiental. Per això, les grans empreses i corporacions, d'un temps ençà, han dedicat grans esforços a netejar la seva imatge. Ens volen fer creure que el medi ambient els preocupa tant com a nosaltres, que produeixen conscientment, que els seus productes són la millor opció per salvar el planeta. Tot això, però, no és més que una perversa estratègia de màrqueting que no té res de veritat. Campanyes publicitàries perverses i deliberadament enganyoses, amb l'única finalitat de vendre i continuar enriquint-se.

Greenwashing de manual. La seva suposada sostenibilitat és una mentida. No hi ha, ni pretenen que n'hi hagi, una transformació real en les seves pràctiques empresarials. Les seves campanyes només busquen contrarestar les opinions negatives i fer-nos creure que els seus productes són respectuosos amb el medi ambient. Les empreses ens manipulen, s'aprofiten de la consciència ecològica de les consumidores per vendre'ns productes suposadament *eco-friendly* amb l'únic objectiu de seguir venent, de seguir guanyant a costa de destruir el planeta. Creiem que allò que estem adquirint és respectuós amb el medi ambient i ens quedem tranquil·les. Ens estafen, i amb això ens allunyen una mica més de la possibilitat

Campanya verda de Coca-Cola

d'anar cap a un món més sostenible. En aprofitar-se de la nostra consciència ecològica i confondre'ns amb reclams que no s'ajusten a la realitat, dificulten les nostres eleccions i desactiven els canvis que desitgem.

Les empreses que més menteixen són també aquelles que més contaminen, grans corporacions que poden invertir milions en publicitat i altres estratègies de màrqueting destinades a fer-nos creure el que ells vulguin. Treuen tota una artilleria destinada a despistar-nos: etiqueten els seus productes com a «bio», «natural» o «casolà» per fer-nos creure que són més sans i menys processats; utilitzen embalatges enganyosos —«amb menys plàstics», «ara en envàs de cartró»— per donar-nos la impressió que són menys contaminants del que en realitat són; promouen campanyes sobre el seu baix impacte ambiental sense donar evidències que emparin aquestes afirmacions... Davant d'un producte o un servei que s'autoproclama com a «verd», sospitem, perquè és probable que només sigui *greenwashing*. El problema és el sistema, i l'única solució és la desacceleració: comprar menys, gastar menys, viatjar menys. El capitalisme sostenible és un oxímoron. Per això, cal assenyalar les empreses que amaguen els seus impactes ambientals. Ens hi va la vida.

Obsolescència programada

Com apunten les artistes Llapispanc i Joana Moll, les empreses de tecnologia són responsables directes de la crisi climàtica perquè promouen el consumisme desmesurat. Per això dediquen molts esforços a convèncer-nos que no són els monstres que semblen. «La sostenibilitat ha estat la meva passió durant molt de temps»: així comença un espot d'Amazon, llançat el maig del 2021, per donar a conèixer els seus projectes amb energies renovables. Imatges de cels, de camps i de plaques solars s'encadenen per convèncer-nos que la companyia de Jeff Bezos es preocupa pel medi ambient. Un altre exemple de *greenwashing* de la mateixa plataforma ha estat l'activació d'una campanya de mecenatge contra el canvi climàtic a través de la Bezos Earth Fund. Comprar amb un clic comporta sempre un enorme consum energètic i contribueix a l'escalfament global. Per molt que en diguem «el núvol», els servidors continuen exigint una gran quantitat d'energia. En una peça del 2016, l'artista Joana Moll ja ens advertia que internet també contamina. *Defoooooooooooooooooooorest* mostra la quantitat d'arbres necessaris per absorbir la quantitat de CO2 generada per les visites globals a google.com cada segon. *The Hidden Life* of *Amazon User* (2019), de la mateixa artista, permet a les usuàries rastrejar la quantitat d'energia gastada en navegar per la pàgina oficial d'Amazon. Per comprar un únic llibre, el lloc web d'Amazon obliga el client a passar per dotze interfícies diferents, que es componen de grans quantitats de codis —invisibles i indesxifrables per a l'usuari— i que fan tota mena d'operacions, com ara organitzar i estilitzar el contingut del lloc, permetre la interactivitat i registrar l'activitat de l'usuari. La quantitat d'energia necessària per carregar cadascuna de les dotze interfícies web, juntament amb els interminables fragments de codi de cadascuna, és d'aproximadament 30 Wh. Moll assenyala que les estratègies comercials de les anomenades «empreses d'internet», aparentment neutres però sofisticadament personalitzades, tenen un important cost energètic.

Quan l'empresa de telefonia ORANGE va llançar la tecnologia 5G, va estrenar un anunci en què, després d'un naufragi, un nen li demana al seu pare que no llanci un missatge al mar en una ampolla de plàstic. Vol dir, això, que és una tecnologia amigable amb el medi ambient? Absolutament, no. El 5G ha afavorit la proliferació de dispositius electrònics connectats a la xarxa gràcies al fet que permet més velocitat en el trànsit de dades. És el que coneixem com a *internet de les coses*. L'ús d'un nombre més gran de dispositius ha fet augmentar considerablement el consum total d'energia a les xarxes de telecomunicacions. A més, per produir-los calen minerals i metalls l'extracció dels quals provoca conflictes geopolítics i grans impactes ambientals. YOIGO, en una de les seves campanyes, «Coses que canvien les coses», anunciava facilitats de finançament als clients que volguessin canviar de mòbil. El crèdit fàcil, sumat a l'obsolescència programada i a l'obsolescència induïda, fomenta el consum accelerat i la proliferació desmesurada de deixalles. Llapispanc, en els seus *Exvots a l'excés* (2021-2022), acumula gran quantitat d'aparells elèctrics i electrònics en desús —pantalles de televisió, ratolins, teclats, impressores, monitors, reproductors de DVD...— per recordar-nos que tots aquests aparells que rebutgem no desapareixen, sinó que generen una enorme quantitat d'«escombraries electròniques» altament tòxiques i contaminants que acaben en abocadors dels països menys afavorits. Es calcula que cada any generem, de mitjana, més de 7 quilos de residus electrònics, i que només el 17,4% es recicla com cal.

Menjar fins a explotar

Tot i els esforços per millorar la seva imatge ambiental, com ara implementar programes de reciclatge i reduint les emissions, McDonald's ha estat acusada de *greenwashing* pel seu elevat consum de recursos naturals, la desforestació associada a la producció de carn i la seva contribució al problema de les deixalles plàstiques. «La comanda més esperada» va ser una campanya que, a través de diferents espots i una pàgina web, pretenia posar en valor el treball i el temps requerits per obtenir els principals ingredients de les seves hamburgueses, amb el tendenciós lema «#ReconeguemElCampEspanyol». Res més lluny de la realitat. El seu model de negoci és un dels principals responsables de la precarització del sector primari. En un veritable exercici per posar en valor la feina dels pagesos, Asunción Molinos Gordo manlleva el llenguatge i els formalismes de l'acadèmia per redactar un currículum per a una parella de pagesos de Lleó. La proposta consisteix en un text escrit a l'estil del currículum d'un acadèmic o professional que treballa per a una agència de desenvolupament internacional, una ONG, l'ONU o algun altre organisme intergovernamental, però el que aquí es detalla són les tasques i la feina de pagesos i petits agricultors.

Per molt que McDonald's intenti rentar la seva imatge, proliferen les notícies que mostren el seu veritable *modus operandi*: productes gens saludables, explotació laboral, maltractament animal o complicitat amb el genocidi de Gaza. A *Just for 4.25 €* (2028), Natalia Carminati assenyala la insostenibilitat dels processos d'industrialització de les empreses que dominen el mercat del menjar ràpid. El projecte neix d'una acció col·lectiva proposada a la comunitat de Fabra i Coats i diferents entitats veïnals de Sant Andreu per tal de recollir totes les ampolles d'aigua buides que es van consumir diàriament durant un mes. Al llarg del setembre del 2018, es van recol·lectar centenars d'ampolles de totes les mides. El volum total d'aigua embotellada consumida va ser de 1.500 litres, mil litres menys dels necessaris per produir una hamburguesa de 250 g de carn. D'aquesta manera, l'acció col·lectiva ens permet dimensionar l'explotació massiva i constant de l'aigua, que mai no tornarà al seu territori ni serà compensada econòmicament. Aquesta acció es materialitza en una instal·lació final que qüestiona l'alarmant buit de les polítiques de sostenibilitat i la necessitat de reflexionar sobre la manera com entenem els recursos naturals, així com identificar com ens relacionem i convivim amb la natura mitjançant les nostres decisions de la vida quotidiana.

Amb la campanya «Data d'extinció. Les coses que estimem mai no haurien de desaparèixer», la cadena de distribució ALDI va voler que creguéssim en el seu compromís ambiental, en anunciar que una gran part dels seus productes tenen origen nacional i que han reduït les emissions, l'ús de plàstic i el malbaratament alimentari. A banda que no aporten més proves que la seva paraula, el model de distribució de les grans cadenes de supermercats promou la concentració de la riquesa mentre perjudica el petit comerç local, elimina llocs de treball i afecta negativament el sector primari i les zones rurals, amb la qual cosa contribueix al seu abandonament. A més, té greus conseqüències ambientals, per l'augment de l'ús d'envasos, la generació de malbaratament alimentari, el transport prolongat de productes, la dependència de l'automòbil per arribar als hipermercats perifèrics i l'augment dels enviaments a domicili. La demanda insostenible de productes comporta la destrucció d'hàbitats naturals, la qual cosa té com a resultat la pèrdua de biodiversitat. L'artista i ambientòloga Paula Bruna posa al centre els altres residents d'aquest planeta amb qui convivim. *Plantocè* és una investigació artística sobre la confrontació entre el regne vegetal i la societat humana, que posa en qüestió l'hegemonia de la nostra espècie mitjançant imatges que evoquen un escenari parahumà o posthumà. El títol del projecte sorgeix com a alternativa a l'Antropocè, una època geològica definida per l'impacte humà al planeta. Així, *Plantocè* explora els conflictes actuals des d'un punt de vista en què l'ésser humà deixa d'estar al centre. De manera similar, *Boscanes*, presentat al Festival Art i Gavarres 2022, té com a protagonistes els animals d'un bosc tancat, difícilment accessible per als humans. Unes impressions semitransparents col·locades es fusionen amb l'entorn forestal i donen visibilitat als habitants del bosc. La proposta va generar també un vincle empàtic amb la fauna, en transformar el pou sec en bassa.

Nestlé, una de les corporacions més grans del món en la indústria alimentària i de begudes, ha estat demandada per *greenwashing* en nombroses ocasions. Tot i els seus esforços per presentar-se com una companyia preocupada pel medi ambient —«L'ampolla ecoforma amb un 15% menys de plàstic»—, continua participant en pràctiques insostenibles. La seva obtenció de matèries primeres com l'oli de palma i el cacau ha estat vinculada a pràctiques insostenibles que contribueixen a la desforestació de l'Àfrica occidental. Aquesta desforestació no només afecta els ecosistemes locals i la biodiversitat, sinó que també pot perjudicar les comunitats indígenes i locals que depenen dels boscos per a la seva subsistència. El projecte *Això no és un paisatge* de Daniel de la Barra, presentat

a Homesession (2021), denunciava que el comerç alimentari global es basa en l'extractivisme agrícola i l'explotació neocolonial de recursos com ara el cacau, la quinoa, la canya de sucre i la soja. La instal·lació central recreava un menjador burgès, on la gran taula central presentava Peter Brabeck-Letmathe, expresident de Nestlé, com a Pantragruel, epítom de la fam insaciable que tot ho devora.

Fast fashion, fast waste

La cadena de moda H&M ha estat també criticada per *greenwashing* a causa de la seva promoció de línies de roba *eco-friendly*, com la seva Conscious Collection, i de programes de reciclatge de roba, tot i que les seves pràctiques *fast fashion* contribueixen de manera significativa a augmentar els problemes ambientals de la indústria de la moda. Inditex també ha llançat iniciatives de sostenibilitat i ha publicitat el seu compromís amb la reducció de l'impacte ambiental. Tot i així, continua explotant massivament recursos naturals en la seva activitat productora, a més de mantenir les seves treballadores en règim de semiesclavatge. La seva plataforma *Zara Pre-Owned* busca netejar la imatge de marca de roba ràpida i presentar-la com a amigable amb el medi ambient, en facilitar la recollida a domicili de peces usades per donar-les a entitats sense ànim de lucre, fomentar la venda entre particulars de peces comprades a Zara o donar accés a un servei d'apedaçament de peces de roba. No hi ha dubte que el grup Inditex alimenta la crisi climàtica amb tones de roba que demanen grans quantitats d'aigua, productes químics i energia. El *fast fashion* accelera la crisi climàtica en promoure la producció i el consum exacerbats, l'ús desenfrenat de recursos naturals i la generació il·limitada de residus. Seguint un model oposat, l'artista i dissenyadora Loana Flores transforma residus orgànics i deixalles d'aliments en materials valuosos, i substitueix plàstics d'un sol ús. El seu enfocament se centra en la pràctica tèxtil veritablement sostenible, on explora tècniques de reciclatge de fibres, teixit amb fils orgànics i tintura amb pigments naturals. Dissenyar a partir de materials reciclats suposa un apropament tàctic que mostra el potencial de la moda com a forma d'expressió política i personal.

Trobades a la tercera zona

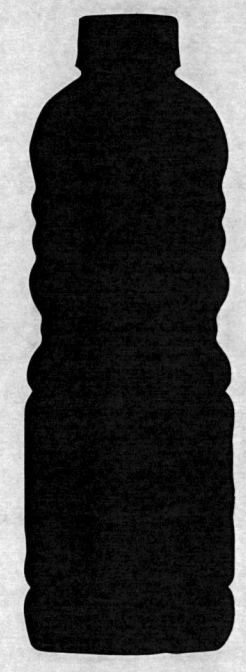

RAMÓN DEL CASTILLO

ESCRIPTOR I CATEDRÀTIC DE FILOSOFIA (UNED)

Goril·les orfes

La història dels orfenats de goril·les del parc de Virunga, al Congo, era coneguda, però va agafar una altra dimensió l'abril del 2019 amb aquella *selfie* de dos guàrdies del parc i dos goril·les que aleshores tenien dotze anys: Ndeze i Ndakasi. Richard Bauma va cuidar durant anys quatre goril·les al Centre Senkewe de Rumangabo (sector sud de Virunga): Maisha, que va ser rescatada el 2006 dels furtius quan tenia tres anys; Kakobo, l'únic mascle (que havia perdut una mà); i Ndeze i Ndakasi —les estrelles de la *selfie*—, que eren dos supervivents de la massacre del 22 juliol del 2007, quan una família de goril·les (liderada per Senkewe, fill de Rugendo) va ser assassinada pel senyor de la guerra Laurent Nkunda. Després d'aquella tragèdia, per què cal continuar protegint el parc? Per tornar algun dia els orfes a la selva —deia Bauma al documental *Virunga* (2014)—. Cap d'ells no va tornar a les muntanyes. Els goril·les rescatats van passar molt de temps amb els seus cuidadors (Ndakasi va ser rescatada amb dos mesos) i es van convertir en animals que ja no eren salvatges, encara que tampoc van ser domesticats. El vincle afectiu amb els seus cuidadors va ser intens (Bauma s'autoqualifica de pare i mare dels animals), tot i que no va ser fàcil tractar-los. Maisha era més jugane-ra, però Kaboko era més nerviós. La negociació entre cuidadors i goril·les era contínua: «No pots obligar-los a fer coses. Són molt tossuts, i pots acabar tenint proble-mes», confessava Bauma. Sembla que una solució van ser les Pringles: als orfes els encantaven, i Bauma les va fer servir com a regal per guanyar-se la seva confiança. Els goril·les habituats als seus cuidadors no tractaven fàcilment amb qualsevol humà que s'hi apropés. Els seus congèneres de la selva també rebien visites, però la seva habituació era més lenta: un turista no havia de tocar ni mirar fixament als ulls un goril·la del bosc (tot i que els goril·les poden arribar a tocar els humans). Els orfes es deixaven abraçar i transportar, i miraven molt més als ulls, però no es van convertir en animals de companyia. Van sobreviure en una zona intermèdia, en una xarxa de relacions que vinculava alhora els humans i els animals. I mai no van ser tornats a la natura. Kaboko va morir a l'orfenat el 2014 (l'ofensiva de l'M23 a la zona va impedir que un veterinari l'atengués). Ndeze també va acabar els seus dies al refugi, i Ndakasi, que tenia mala salut, va morir als braços de Bauma. La foto dels dos abraçats va ser viral i va fer la volta al món[1].

Evasions i refugis

Els santuaris d'animals —diu Sarat Colling a *Insurrección animal*— subratllen la individualitat dels seus membres, com ara al centre de goril·les de Virunga, però en altres refugis animals es barregen diferents tipus d'animals i sorgeix el que Colling anomena «comunitat interespècie [2]». A molts refugis —diu també—, els animals no «abandonen la seva tendència d'oposar resistència». De vegades s'oposen al confinament, i de vegades l'accepten, però no en el lloc que se'ls assigna, i es reapropien d'altres espais alternatius on se senten millor [3]. També es colen en els espais d'altres animals i hi conviuen. I, per descomptat, hi ha animals que busquen de manera més insistent la companyia dels seus cuidadors i passen més temps prop seu (per exemple, als jardins de les seves cases), o fins i tot s'esmunyen dins les seves estances quan ningú els veu [4]. En alguns santuaris, a més, també es colen animals no censats, és a dir, fugitius. La renaturalitza-ció d'animals s'idealitza sovint, però no és gens fàcil i requereix supervisió humana. Què en sabem, d'aque-lla ximpanzé, Wounda, que Jane Goodall va retornar a la selva després d'una abraçada commovedora? El vídeo va ser viral, va fer la volta al món, però a quin món tornen realment els animals?

Sarat Colling també explica un munt d'històries sobre animals que s'escapen de circs, zoos, reserves, laboratoris, refugis, estables, escorxadors, granges, vedats i mercats. Vaques i porcs que fugen nedant, babuïns que s'evadeixen, gallines que s'escapen. Els animals salten barreres físiques i geogràfiques. Seria fàcil dir que passen de la ciutat al camp, o de la civilit-zació a la natura. És més complex, perquè quan sur-ten «fora» es troben una natura barrejada, parcel·lada, industrialitzada, tallada per carreteres, plena d'obsta-cles i barreres, contaminada i desforestada [5]. El camp ja no és el que era, i hi ha animals que tornen a les zo-nes de confinament en descobrir que no hi ha cap lloc segur on anar [6]. L'excés de fertilitzants i abocaments està convertint en terrenys hipòxics «zones mortes»

1. Sobre la història de *Virunga* hi ha moltíssima informació, i molt diversa. El 2014, el documental Virunga va donar publicitat a la complexa situació dels protectors del parc, als assassinats de guàrdies forestals, als camps amb milers de refugiats de guerra després de l'ofensiva de l'M23 i a la pressió sobre pescadors del llac Edward. Amb tot, val la pena consultar l'informe «Drillers in the Mist», del mateix any, a la pàgina web de Global Witness. Per seguir el complex procés entre SOCO, el Govern del Congo i la comunitat internacional, consulteu també, a la mateixa web, «Chronology of Virunga» i «Soco in Virunga».

2. *Insurrección animal* (2024). Madrid: Errata naturae, p. 236. Vegeu també la p. 243

3. Vegeu a ibíd., p. 249, casos de rescatats desobedients.

4. Ibíd., p. 250, nota 389.

5. Ibíd., p. 193-194. Vegeu també el que explica sobre el canvi de caràcter dels animals fugats.

6. Ibíd., p. 193.

gens saludables per a animals [7]. De vegades, els animals fugats es barregen amb altres animals (vaques amb bisons, per exemple) i poden arribar a encreuar-se i generar «espècies» noves. Colling assenyala que, per a molta gent, els animals fugats són vistos «com una amenaça per a la puresa dels seus homòlegs lliures i les poblacions salvatges[8]». Els estruços de Sud-àfrica estan mal vistos perquè són el resultat de barreges provocades per fugues de granges. Als animals que transgredeixen límits entre el món domesticat i el salvatge «se'ls percep com a perillosos, i els que oscil·len en un espai liminal són inquietants [9]». Les noves tecnologies —assenyala també— contribueixen a fer que es capturi més fàcilment els fugats i que se'ls torni més ràpidament al seu lloc. Ara són populars les notícies sobre porcs senglars que s'escolen a les ciutats, però els porcs sempre han estat protagonistes de grans històries: quan s'escapen de granges sembla que s'assilvestren en poc temps, els creix pelatge dur i també els ullals, però... arriben a ser porcs senglars? [10]

Friccions

En el seu fascinant llibre *Fricción* (escrit fa gairebé vint anys, el 2005), l'antropòloga Anna Lowenhaupt Tsing va cridar l'atenció sobre els porcs de les muntanyes Meratus, a Borneo, que no vivien dins d'un tancat, sinó que campaven a la seva en una artiga que s'estava reconvertint en bosc i en la qual brollaven moniatos, iuca, plàtans, canya de sucre, albergínies, herba tendra i bardisses. Aquestes zones eren per a ells molt més desitjables que la selva, «més extensa, més gran i amb sotabosc més dispers». Així que, quan els aldeans[11] necessiten un porc, van a aquestes antigues artigues, on, això sí, també es poden trobar porcs barbuts salvatges per als quals aquestes zones són igualment atractives. «La gent diu que els porcs s'encreuen, i no tinc clar quines són les diferències biològiques entre els porcs criats per humans i els porcs de boscos de les muntanyes Meratus. En qualsevol cas, la cria dels porcs implica passar temps cuidant i alimentant garrins perquè creïn vincles amb la gent, abans de deixar-los en llibertat perquè gaudeixin de l'aliment. Si s'ignora el fet que els porcs acaben convertint-se en menjar, la relació no és gaire diferent de la de les persones amb els seus ocells càlao de companyia, que han estat alimentats i mimats quan eren pollets i que tornen a visitar els seus antics amos quan volen a través de la selva[12]». En aquest treball pioner, Tsing va analitzar altres exemples de semidomesticació i va introduir el concepte de *llacuna* per referir-se a una zona de relació entre humans i no humans, entre allò domesticat i allò salvatge, un «espectre d'interaccions que no estan totalment determinades entre els humans i els no humans[13]». L'enfocament de Tsing també va ser molt rellevant per qüestionar idealitzacions conservacionistes, perquè va posar de manifest el solapament i la fricció entre agents molt diferents: animals, plantes, aldeans, comunitats, companyies fusteres, turistes, agències protectores, grups ecologistes i agències internacionals. Una fricció que, de vegades, es manifesta com a pressió, frec o xoc violent, però que també es pot transformar en negociació i col·laboració.

Goril·les sense fronteres

En un treball sorprenent del 2020 titulat «Gorilla Theory», el crític i escriptor alemany Niklas Maak [14] va estudiar la situació dels goril·les en una altra reserva de goril·les, el famós parc de Bwindi (Uganda), en el marc d'una investigació de Rem Koolhaas per a l'exposició *Countryside, The Future*, al Guggenheim de Nova York [15]. Maak va posar de manifest importants paradoxes del conservacionisme i va revelar moltes *friccions* entre les polítiques conservacionistes, les necessitats dels agricultors, les intervencions d'empreses que busquen minerals i les accions d'organitzacions no governamentals en defensa de la natura. En mostrar la complexa xarxa de trobades, solapaments i interaccions entre diferents agents humans i no humans, la idea d'una divisió contundent entre allò salvatge i allò humà, entre naturalesa i acció humana, perdia sentit, i fins i tot era contraproduent [16].

Una de les claus per entendre aquest embolic és l'habituació creixent dels goril·les als éssers humans, un fet que el món de la primatologia volia evitar, però que va passar igualment fins i tot seguint estrictes regles de distància (com ara mantenir-se a set metres dels goril·les). D'una banda, es desitjava que «els goril·les es comportessin com a goril·les», però, de l'altra, la seva defensa i protecció els transformava inevitablement. La idea d'«obrir una finestra al seu món sense influir-hi» era una fantasia. Que els goril·les continuessin sent goril·les salvatges no només era una fantasia científica; també ho era per als turistes que pagaven molts diners per visitar-los. Però, què era exactament un goril·la autèntic per a un turista? un que s'assemblava als goril·les del cinema? una bèstia poderosa i agressiva? [17]

El problema és que ningú va pensar en la curiositat dels mateixos goril·les. Fins i tot guardant les distàncies, molts goril·les van començar a acostumar-se i interessar-se pels humans (el 75% dels de Virunga estan acostumats a la presència d'investigadors, veterinaris i turistes[18]). Els goril·les de Bwindi esperen cada

The Word for World is Forest, Bárbara Sánchez Barroso, 2019

7. Crary, A.; Gruen, L. (2024). *Crisis animal. Una nueva teoría crítica*. Madrid: Cátedra, p. 23. Les autores també recorden que els boscos d'orangutans de Borneo estan sent delmats per l'avenç de plantacions d'oli de palma (Borneo i Sumatra produeixen el 86 % del subministrament mundial d'oli de palma). Aquesta pressió els empeny a esmunyir-se en les aldees a la recerca de menjar, amb el risc de morir i perdre les seves cries (al mercat negre se'n poden arribar a pagar 20.000 per una).

8. Ibíd., p. a192.

9. Ibíd., p. 178.

10. Ibíd., p. 191.

11. Vegeu ibíd., p. 298-299, sobre les peculiaritats dels habitants anomenats *orang bukit* —un terme amb connotacions pejoratives com «provincià», «els cosins babaus de la gent civilitzada que viu a les valls i als pobles»—, que evitaven el contacte amb les autoritats estatals, els exèrcits i les religions, i que eren menyspreats per l'antropologia.

12. *Fricción. Una etnografía de la conectividad global* (2021), IF Publications, p. 308. Els porcs que Tsing va observar fa dècades podrien interessar Anibal Artegui, atès que en el seu excel·lent treball *Infraespecies. Del fin de la naturaleza al futuro salvaje* (Alianza Editorial, 2024) estudia porcs d'aldees amazòniques i porcs senglars que envaeixen Les Planes i àrees perifèriques de Barcelona. A *Infraespecies*, Artegui reconeix Tsing com a antecedent de les seves idees, però només esmenta *La seta del fin del mundo* (2021, Capitán Swing; orig. de 2017). Vegeu la interessant bibliografia que aporta sobre etnografia de multiespècies i molts altres temes, així com un altre volum que va editar amb Juan Martín Dabezies, *Vitalidades: etnografías en los límites de lo humano* (Nola editores, 2022). El llibre de Joëlle Zask, *Zoocities. Animales salvajes en la ciudad* (Kalandraka, 2022) explica coses molt interessants sobre ciutats multiespècie i disseny ecològic.

13. Ibíd., p. 297. El concepte també té un doble sentit, referit a àrees de coneixement que semblen irrellevants, marginals o simplement invisibles per a les ciències socials (p. 294). Aquest aspecte el comento en una publicació que veurà la llum properament.

14. Maak també dirigeix la secció d'art del *Frankfurter Allgemeine Zeitung* i ensenya teoria arquitectònica a Harvard.

15. Amb «goril·les» ens referim a grups de goril·les de Bwindi, però, sobretot, a *les* goril·les de Bwindi que van començar a comportar-se de manera diferent a la prevista. Vegeu com Maak explica, alhora, el canvi d'aquestes conductes i els canvis de perspectiva en la primatologia feta per científiques.

16. Maak tampoc va tenir en compte l'obra *Fricción* de Tsing, però el seu informe per a Koolhaas proporciona materials que desconeixíem. Vegeu les seves referències bibliogràfiques sobre la història de la caça de goril·les i la història de la primatologia (o, més exactament, de les primatòlogues). Esmenta els treballs clàssics de Donna Haraway, és clar, però li hauria estat molt útil la conversa de Haraway amb Tsing sobre la història de les plantacions: «Reflections on the Plantationocene: A Conversation with Donna Haraway and Anna Tsing», per Gregg Mitman, *Edge Effects*, 18 d'agost del 2019

17. Maak també rastreja, al seu assaig, les fantasies inspirades per goril·les, des de les velles llegendes fins a les modernes representacions cinematogràfiques (*King Kong, El planeta dels simis, Goril·les en la boira*).

18. Als parcs només es pot visitar un grup de goril·les durant una hora al dia, i únicament en grups de vuit turistes. Maak examina de manera molt aguda tot el protocol que han de seguir els visitants, però també les fantasies i biaixos amb què arriben al parc.

Pedra i plàstic, Marta R Chust i Roc Domingo Puig, 2022

dia els seus visitants. L'habituació és perillosa —es va dir— no només perquè els visitants els poden transmetre malalties, sinó perquè els goril·les modifiquen la seva conducta cap als humans i perden la por (en realitat, la pregunta correcta és: l'habituació, modifica només la seva conducta amb els humans, o també la conducta *entre ells*?).

Paradoxalment, una política proteccionista adreçada a preservar la seva condició original va alterar aquesta mateixa condició. Els goril·les més joves i habituats busquen més contacte amb humans, s'acosten als seus espais (als albergs on s'allotgen els fotògrafs) i els toquen més. Nosaltres veiem els goril·les com a parents propers, però, ells, ens comencen a veure a nosaltres de la mateixa manera? Com caldria qualificar els goril·les habituats? Són un subproducte natural, un succedani d'animal? Perquè ja no són del tot salvatges, encara que tampoc no són una mascota domesticada i segueixen buscant-se la vida al bosc. El contacte (per controlat que estigui) genera un aprenentatge mutu i noves mobilitats. Alguns grups de goril·les —explica

Maak— abandonaven la selva i deambulaven cada cop més lluny. Visitaven aldees properes i arrasaven alguns cultius. De vegades podien passar més de la meitat del dia fora del parc, en terres comunitàries i camps. Els equips del parc sovint els havien d'empènyer a tornar al parc, on els turistes esperaven veure veritables goril·les en la boira.

Què es podia fer per mantenir dins del parc aquests goril·les turistes? Com se'ls podia convèncer perquè seguissin sent goril·les (o, almenys, *actuessin* com a tals)? Un filat i un mur al voltant de la reserva hauria convertit la mateixa reserva en un zoo, o fins i tot en una cosa semblant a una presó, així que l'equip de resolució de conflictes va proposar una forma de mantenir els goril·les al seu lloc. WWW i diverses onegés van comprar una franja de terra entre el parc i els terrenys de cultiu del voltant. Se suposa que aquesta franja matalàs, o zona d'amortiment (*buffer zone*[19]), de 360 metres d'ample i 32 quilòmetres de llarg, serviria per tornar a separar la selva del camp, i per evitar fugues de goril·les, ja que s'hi van sembrar plantes que són desagradables per a aquests animals. Però aquest intent de divisió, aquesta intervenció de «jardineria maligna» —com l'anomena Maak—[20], aquest intent de tall o línia fixa de divisió, no va funcionar: d'una banda, van créixer plantes no previstes que van agradar molt als goril·les (l'escorça d'eucaliptus té sodi), així que aquests van començar a fer pícnics a la zona *buffer*. De l'altra, els pagesos de les àrees limítrofes van estendre els seus cultius dins de la franja. Irònicament, un territori dissenyat com a barrera es va convertir en un nou espai de trobada, en una àrea de fricció on s'encavalquen molts agents diferents: els goril·les, els treballadors del parc, els representants d'organitzacions ambientals, els pagesos pobres i, per descomptat, les empreses russes i xineses que busquen tàntal, metall procedent del coltan i imprescindible per als telèfons mòbils, els ordinadors, les càmeres i els cotxes.

La distinció de Maak entre territori salvatge, territori humà i zona de fusió podria recordar la distinció de Tsing entre «primera naturalesa», «segona naturalesa» i «tercera naturalesa». Recordeu el que Tsing va dir a *La seta del fin del mundo*: «Per "primera naturalesa" entenem les relacions ecològiques (incloses les humanes), mentre que l'expressió "segona naturalesa" fa referència a les transformacions capitalistes del medi ambient. Aquest ús —que no es correspon amb versions més populars de totes dues expressions— prové de l'obra *Nature's Metropolis*, de William Cronnon (1992). La meva perspectiva —deia Tsing— inclou també una "tercera naturalesa", que al·ludeix a la que és capaç de sobreviure malgrat el capitalisme[21]».

19. En el món ferroviari, el *buffer* —recorda Maak— és el topall que redueix els danys en cas de xoc. En l'informàtic, és la part de la memòria d'un ordinador que emmagatzema informació abans d'intercanviar-la amb un disc extern. Maak també associa el buffer amb una mena *d'Aufhebung*, és a dir, una preservació i una superació alhora. Vegeu «Gorilla Theory» (2020), a AMO i R. Koolhaas, *Countryside. A Report*. Colònia: Taschen, p. 208.

20. Vegeu les iròniques comparacions que fa Maak per qualificar l'estil d'aquest peculiar jardí, així com els comentaris sobre diferents tipus de franges (el mur de Berlín, la frontera sud hongaresa, els tallafocs). En aquest sentit, tenim presents els treballs d'A. Bonnet a *Fuera del mapa* (Blackie Books, 2014), dedicats a terres de ningú, espais residuals, franges sense reclamar, retalls geogràfics, terres entre estats, llocs fronterers (el cas de Guinea i el Senegal) i complexos «espais d'excepció» (com ara instal·lacions militars). Al capítol «Tierras de nadie» d'*Islas del abandono* (Capitán Swing, 2021), Cal Flyn explica coses molt interessants sobre zones d'exclusió i àrees abandonades com a resultat de guerres que es converteixen en reserves naturals. També ens agraden les crítiques de Phillip Ursprung a les idealitzacions del *terrain vague*, a *Brechas y conexiones* (Puente editores, 2016). Hem consultat el catàleg de 50 «línies» de *l'Atlas de las fronteras. Muros, conflictos, migraciones*, de Bruno Tertrais i Delphine Papin (Cátedra, 2018), i els enclavaments i exclaus de l'Atlas de fronteras exóticas de Zoan Nikoli (Geoplaneta, 2020). També, *Theory of the Border* (Oxford University Press, 2016), de Thomas Nail.

21. *La seta del fin del mundo*, p. 10.

La zona d'amortiment de Bwindi va sorgir de la fricció entre molts agents i, d'alguna manera, podria representar un model de supervivència «malgrat el capitalisme» (per fer servir la frase de Tsing). Nosaltres no seríem tan optimistes, però, sens dubte, Maak fa servir un llenguatge esperançador. La zona d'amortiment —arriba a dir— és un espai d'hospitalitat gairebé utòpic, no jeràrquic; un territori neutral, una zona excedent inesperada, un laberint exuberant que «ofereix una varietat d'escenaris». Paradoxalment, el desig de preservar i estabilitzar una situació ha creat una possibilitat d'experimentació i de canvi, una oportunitat de negociació, un laboratori per imaginar un futur de cohabitació, «un model per a la trobada i la coexistència entre espècies[22]». Pot ser, però no ho veiem tan clar, i el mateix Maak reconeix part del problema: potser la població de goril·les augmenta en el futur, però també ho fa la població humana. Si la pressió augmenta, seria lícit crear entorns artificials per als goril·les, un nou tipus d'espai entre una reserva natural i un zoo? El canvi climàtic afecta tothom, humans i no humans: les sequeres empenyen la població a internar-se en reserves a la recerca d'aigua. Potser els habitants de la zona deixarien l'agricultura de subsistència i les seves terribles feines per a empreses il·legals de mineria. Però, tenen altres possibilitats [23]?

22. Per si algú ho està pensant, és evident que tinc present la «zona de contacte» de Donna Haraway en *When Species Meet*, però la deixo per a una altra ocasió. Per a aquesta ocasió he consultat un altre tipus de treballs, com ara *La humanización de un mono. Una autobiografía de la investigación antropológica*, de Heike Behrend (Herder, 2014). També em va ser útil el que Thor Hanson explica a *Lagartos huracanados y calamares plásticos. La dura y fascinante biología del cambio climático* (Alianza, 2024) sobre la història geològica de l'hàbitat dels goril·les, i com els períodes secs de fa milers d'anys van reduir la gran selva tropical a un mosaic de pegats residuals separats per praderies de sabanes, i com les diferents espècies van proliferar en aquests refugis de maneres distintes i a ritmes diferents (els goril·les mai van colonitzar el tram central de la conca del riu Congo, i es van quedar separats en dues zones allunyades per més de mil quilòmetres).

23. Vegeu, a «Gorilla Politics», totes les referències sobre els governs del Congo i Ruanda i les iniciatives d'organitzacions internacionals (entrevista de Maak i Koolhaas, del setembre del 2018, a Johannes Refisch, director de Great Apes Survival Partnership). La visió futurista més irònica de Maak és que la calor de les granges de dades potser es podria aprofitar per instal·lar selves de goril·les als seus àtics, però no puc fer *spoilers*, perquè això és part de la seva novel·la *Technophoria*, que està a punt de publicar-se a Espanya (Vegueta, setembre del 2024) i que també es gaudirà com a sèrie internacional el 2025. Agraeixo aquest avançament de la novel·la en espanyol a la traductora de Maak, Isabel García Adánez. A la tardor del 2024 esperem reprendre la col·laboració tan fructífera que ja vam iniciar amb l'autor a propòsit del seu *A Server Manifesto. Data Center Architecture and the Future of Democracy* (2022).

El futur dels goril·les, doncs, no és separable del futur d'un món humà dividit, *més que mai*, per àrees comercials i camps de guerra, terrenys lliurats a empreses i territoris ocupats per exèrcits.

Famoses Faules Factibles (per Fantasiejar Futurs)

No cal dir que una reflexió sobre el treball de Jordi Colomer es podria desplegar en molts termes, tants com les múltiples activitats que fan possible una ciutat. El fer ciutat podria ser, de fet, el paradigma que recorre la seva obra: una mena de reflexió constant sobre les nostres maneres de viure, que, alhora, persegueix desencadenar un veritable esdeveniment polític durant el procés de producció de cada projecte. Amb la complicitat de Martí Peran com a comissari, en aquests moments l'artista presenta l'exposició *Façana Foto Festa Futur Fideus* al Museu d'Art Contemporani de Barcelona (9 de maig – 24 de setembre del 2024). Una exposició que recull gairebé quaranta anys de la seva trajectòria i que reprodueix, com no podia ser altrament, tot un entramat urbà de vídeos, escultures, objectes i fotografies que, en la seva convivència, generen llocs i situacions, ports i deserts, cementiris i carnavals, sorolls i racons secrets, interioritat i exterioritat, faula i realitat... En definitiva: fent polis al mateix museu. Així que he aprofitat l'ocasió per conversar amb ell sobre una de les principals preocupacions que afecten la ciutadania avui dia.

DIANA PADRÓN

Façana Foto Festa Futur Fideus ens agafa en un moment d'especial pessimisme en l'àmbit polític: tant en el context de la ciutat com a escala global. L'exposició, però, anima a abandonar el nihilisme i a explorar el potencial de la imaginació com a forma de transformació. De quina manera?

DP

En comptes d'apel·lar a l'espera perquè es donin les condicions plenes, les teves referències polítiques defensen la possibilitat d'una emancipació que es pugui donar ja mateix, a través de l'autoorganització col·lectiva. És el cas del projecte *L'Avenir* (2011), que pren el títol d'un gravat del socialista utòpic Victor Considérant **1** i mostra la construcció d'una maqueta del *Falansteri* de Charles Fourier entre un grup de persones; si bé, en el fons, l'acte realment polític és la mateixa trobada que es dona entre ells per fer un arròs, tots junts, al delta de l'Ebre. De fet, a més de la ciutat mateixa, els entorns naturals —o, si ho prefereixes, els entorns no pròpiament urbans— hi tenen un paper important, en els teus treballs (*En la Pampa*, 2008 / *Prohibido cantar*, 2012 / *Alphabet X*, 2021-2024...). Podem pensar aquests contextos com a espais potencials per a la imaginació política, espais on fundar una nova forma de societat?

Conversant amb

JORDI COLOMER

Contra el pessimisme cal estar ocupat, ocupar-se en accions molt concretes, en llocs molt concrets. Es tracta, simplement, de donar-se l'opció d'inventar les relacions, les relacions entre totes nosaltres, amb els objectes, amb els llocs.

JC

El desert, el *terrain vague*, les perifèries en construcció no tenen encara una història acumulada, no tenen un codi de lleis tancat... Així doncs, les lleis es poden inventar més fàcilment en aquests llocs. A la videoinstal·lació *Prohibido cantar* (2012), l'acció transcorre als terrenys desèrtics dels Monegres, a prop de Saragossa **2**, on estava previst construir Gran Scala, una gran ciutat d'oci i casinos a l'estil de Las Vegas... Tant Las Vegas com el seu mirall en la ficció, Mahagonny, de Bertolt Brecht, són ciutats creades per delinqüents embussats al bell mig del desert, ciutats que inventen les seves pròpies lleis —el divorci exprés, l'alcohol i els jocs d'atzar estaven permesos a Las Vegas i prohibits a la resta dels Estats Units...—. Els cartells, a Mahagonny, anuncien lleis més o menys improvisades: «No es pot no tenir diners», perquè suposa un delicte castigat amb pena de mort, o «Es prohibeix cantar (cançons alegres)», que és una de les últimes lleis que s'apliquen a Mahagonny abans que la destrueixi un huracà... Inventar lleis és fàcil.

Els *falansteris*, tal com els imaginava Fourier —fora de la ciutat i en contextos naturals propicis—, implicaven un decàleg d'activitats diàries, amb horaris precisos, que s'aplicarien segons un rellotge universal: recollida de maduixes, trobades passionals o cura dels coloms missatgers. A *L'Avenir*, es tractava de recrear la fundació imaginària d'un *falansteri*. El grup improvisat de persones que l'encarnava no només havia de ficcionar, sinó també relacionar-se segons els principis d'organització d'un *falansteri*. Per exemple, els banquets hi tenen un paper important, en aquest imaginari. Fourier els descriu apareixent com a l'òpera, per una trapa superior, i desapareixent de la mateixa manera... (potser com el nostre Uber Eat, Glovo, etc., fent que el menjar aparegui i desaparegui màgicament però sense cap pompa). A *L'Avenir*, el banquet passa al delta de l'Ebre, regió d'arròs, amb

1. **Victor Considérant està considerat el gran divulgador i organitzador del moviment fourierista. Sobre aquesta qüestió, vegeu: Considérant, V. *L'avenir: perspective d'un phalanstère ou palais sociétaire dédié à l'humanité [d'après le plan de Ch. Fourier. Accompagné d'une description signée]*. Litografia impresa a Bordeus per H. Faye, s. d. [cap al 1840], per a Charles Fourier i J. Hervé, París. BnF, *Littérature* et Art, Z-286 (15).**

2. **Gran Scala era un macroprojecte del consorci ILD (International Leisure Development), que consistia a situar un gran complex d'oci a la comarca aragonesa dels Monegres. La inversió prevista era de 17.000 milions d'euros, i s'hi incloïa la construcció de 32 casinos, 70 hotels, 6 grans parcs temàtics (i 12 de petits), museus, camps de golf, un centre comercial i un hipòdrom. El projecte, finalment, va fracassar.**

ostres i una gran paella, però en aquest cas, per ins-tal·lar-se al lloc ideal i dur-lo a terme, primer cal lluitar contra el vent mentre es traginen amunt i avall el men-jar mateix i els objectes, tan pesats, potser en record de les penúries que van passar alguns dels que van voler dur a terme la utopia fourierista. Per als qui van participar a *L'Avenir* per un temps breu, la impressió és d'haver viscut en un *falansteri*.

DP

Aquesta lluita contra el vent que descrius i que acaba amb la materialització d'una utopia, anima a pensar en el famós enunciat de «quan ja res no sembla possi-ble, tot és possible»... Un dels motius crucials d'aques-ta sensació generalitzada de derrota i desesperança de què parlàvem abans és la crisi mediambiental i de recursos que ens afecta actualment a escala plane-tària, i per a la qual no sembla que es trobin solucions. De quina manera t'has acostat a aquesta qüestió? S'ha produït algun debat sobre el tema en els pro-cessos col·lectius que has desenvolupat per als teus projectes?

3. En relació amb les idees de Yona Friedman que comenta Jordi Colomer, es poden consultar les referències següents: Friedman, Y. (1977). *Utopías Realizables*. Barcelona: Gustavo Gili (versió francesa a L'Éclat); i Friedman, Y. (2007). Manuels, vol. 1-3. París: Ceneai – Centre National Édition Art Image. Jordi Colomer fa al·lusió també a l'entrevista «Una utopia només podrà ser real-itzable amb el consentiment col·lectiu», feta per Diana Padrón el 2015 a propòsit de l'exposició del projecte *X-Ville* al Centre Arts Santa Monica, la Xarxa de Centres d'Arts Visuals de Catalunya i el festival LOOP Barcelona, amb motiu de la primera edició del Premi de Videocreació, impulsat per aquestes entitats. L'entrev-ista es pot consultar aquí: https://www.jordicolomer.com/index. php?lg=6&id=30&prid=135 / https://vimeo.com/129881729.

No? Future!, Jordi Colomer, 2006/2024. Cortesia: Museu d'Art Contemporani de Barcelona

JC

En el projecte *X-Ville* —que tu coneixes bé i que es planteja des dels textos de Yona Friedman, concretament a partir del seu manual *On comença la ciutat?*—[3], les relacions entre ciutat i camp visualitzen aquesta aparició «instantània» dels aliments a la ciutat actual de la qual parlàvem, aquesta invisibilitat de l'origen i dels processos per manufacturar el menjar... La supervivència de les grans ciutats —es planteja— passa per aprendre els límits, allà on la ciutat conviu amb animals o es treballa la terra encara sense urbanitzar. La utopia realitzable no passa fora, en un altre lloc; la ciutat ha de reinventar la seva pròpia transformació, canviar les relacions amb el camp, integrar-lo, aprendre'n adaptant els seus espais. Friedman planteja aquesta necessitat de canvi als anys 50. Sembla que el temps li ha donat la raó. Avui sembla indefugible una nova perspectiva sobre la relació entre la humanitat i la resta dels éssers vius. La gran ciutat serà aquella que aconsegueixi produir els seus propis recursos com a part de la seva pròpia activitat, conviure amb altres espècies... Per què no imaginar vaques, gallines i guineus com a habitants de la ciutat? Horts entre gratacels?

DP

Em sembla que la *rururbanització* a la inversa que descrius (ruralitzar ciutats o desdibuixar els límits camp-ciutat repensant aquests mateixos conceptes) és una proposta que aspira a transformar de manera factible el nostre sistema productiu. Ara bé, em fa la sensació que, habitualment, més enllà d'un suposat compromís, el món de l'art i les seves institucions acullen la qüestió de la crisi ecosocial com si fos un simple hashtag que descriu un dels temes dels quals toca parlar, sovint de manera propera a les agendes verdes corporatives o, fins i tot, en la línia de l'anomenat *greenwashing*. Què en penses tu?

JC

És clar, hi ha enormes contradiccions en el funcionament de les institucions d'art. Molt escandalosa i flagrant és la manca de reciclatge dels elements que s'utilitzen en els muntatges d'exposicions i fires, amb tones de fustes, estructures i pladurs... A aquesta despreocupada sobreabundància caldria confrontar-hi la precarització ja institucionalitzada dels artistes i la resta d'agents de l'art.

DP

Justament, una de les coses que es poden percebre a *Façana Foto Festa Futur Fideus* és una aposta clara

per altres maneres de producció i exhibició, prescindint d'elements de disseny d'alt cost o utilitzant materials *povera* com la fusta i el cartró, materials que t'han acompanyat des de les teves primeres etapes per la seva proximitat a allò informal, allò efímer i allò teatral (*Idea*, 1987 / *Como en casa*, 1991 / *Operetes*, 1991 / *Monique*, 1992 / *Anarchitekton*, 2002-2004 / *X-Ville*, 2015 / *¡Únete! Join Us!*, 2017 / *Modena Parade*, 2022...). Trobes que cal repensar els materials, recursos i metodologies habituals al món de l'art en favor d'un model més sostenible?

JC

Sempre m'he sentit proper a un ús de materials pobres i propers, com dius; a l'esperit d'allò escenogràfic, en el sentit de cosa provisional. És una filiació estètica que, evidentment, té implicacions més àmplies. En tot cas, la veritable ecologia en la producció se'm va plantejar en el meu treball en relació amb el temps. Quan vam fer els *Anarchitekton*, venia de fer el vídeo *Le Dortoir* (2001), que també està exposat. Un rodatge en plató, amb moltes construccions, complicat tècnicament, càmera amb grua, molta gent, car i amb poc temps per fer-lo. El pas següent va ser *Anarchitekton* (2002-2004). Es tractava, sobretot, de tenir molt de temps, fer coses aparentment senzilles, amb poca gent i una simple càmera de fotos. Guanyar temps, en general, crec que és el més valuós. Es diu que el temps és or, no?

DP

Totalment... Però, a més d'aquesta ecologia del temps, a les teves instal·lacions també és habitual trobar-nos amb objectes de certa estètica *vintage*... Penso, per exemple, en la teva predilecció per les cadires escolars, i també el Volvo dels anys 90 que sosté el lluminós *No? Future!* (2006-2024), el qual, paradoxalment, és testimoni de la crisi d'un model d'indústria que va provocar l'emergència del punk, alhora que anuncia que és possible capgirar aquesta coneguda consigna... Hi ha futur? Un futur en què ens hauríem d'acostumar a reciclar objectes del passat i resignificar-los?

JC

Sento properes les cadires que remeten a escoles, cuines, oficines: són objectes útils i llocs que compartim. Cadires que ens són familiars: sense cap pretensió estètica aparent, tenen la dignitat de l'anònim reconeixible... Defujo qualsevol implicació nostàlgica; tampoc m'agrada la paraula *vintage*. Les cadires d'institut, a Espanya, continuen sent les mateixes des de fa dècades, compartides per diverses generacions. Sembla raonable defensar que un bon disseny és també el que dura, així que, si resulten xocants, potser és perquè el seu àmbit habitual no és el museu; o el museu sembla haver imposat el seu propi repertori d'elements (el banc per a videoinstal·lacions?). Aquestes són simplement cadires, i formen grups entre elles.

El *No future* dels Sex Pistols està molt datat, prové d'un context social i polític molt concret... Es tractava de mantenir la seva capacitat d'interpel·lació, no acotar-lo, no momificar-lo, al contrari: fer-lo mutar. En aquest sentit, em semblava lògic que els mateixos objectes que componen la peça suggereixin certs «anacronismes» difusos, una evident manca d'homogeneïtat d'època o d'estil. Es mou, es mouen les lletres mateixes amb llums intermitents, s'hi afegeix de vegades una interrogació... I es mou de ciutat en ciutat, com un collage que pren, de fons, llocs diferents i on la qüestió ressona de manera diferent... La qüestió, per a mi, és: a la generació dels 2000, la pregunta els parla? Hi ha futur?

DP:

Doncs, precisament durant la inauguració, em va semblar que aquell espai al voltant del cotxe i el rètol lluminós es va convertir en un nus social que va reunir un grup curiós i molt intergeneracional... Potser fascinades per aquella exclamació que volíem fer nostra. Recordo que una noia em va mostrar, allà mateix, un mòbil que acabava de pillar, amb tecnologia de principis de segle i que tenia forma de cotxe. Per això em va venir al cap la idea del vintage. Però, ara que hi penso millor, arran de les teves reflexions, potser el més apropiat és parlar de la dimensió «intempestiva» que conté l'exposició, no només per trencar amb una taxonomia cronològica, sinó per qüestionar la mateixa idea de l'obsolescència, tal com apuntes.

Però, tornant a l'aquí i ara: en la teva consolidada trajectòria internacional, has participat en diverses ocasions per a la biennal nòmada Manifesta. Em sembla gairebé obligatori preguntar-te per la teva opinió sobre el seu proper desembarcament a Barcelona, aquesta tardor. En aquesta edició, segons que sembla, estarà enfocada a la transició ecosocial, amb l'objectiu d'«inspirar la ciutadania perquè actuï». Trobes que la crisi mediambiental és una responsabilitat de la ciutadania? Hem de confiar en solucions individuals?

JC

Pel que fa a Manifesta, tinc molta curiositat per veure aquesta edició. Com a indígena barceloní, sento un cert rebuig, cosa habitual en Manifesta. Com a coneixedor de la biennal, però, en soc un entusiasta. Estic més preocupat pel que passarà en la post-Manifesta, amb les xemeneies del Besòs, per exemple: quin model cultural encarnen, què s'hi vol fer... Tinc la impressió que la comunitat artística no ha estat consultada en absolut... Per citar de nou Yona Friedman: «La suma de moltes insatisfaccions individuals és una insatisfacció compartida, i aquest és el pas per trobar solucions col·lectives...». En donaré un exemple molt concret. A Trondheim (Noruega), mentre preparàvem la parade (*Svartlamon Parade*, 2014), vivíem al barri de Svartlamon, que acull un programa d'arquitectures experimentals. A casa nostra, el dipòsit d'aigua per rentar els plats era transparent, així que podies veure en directe el consum d'aigua. Quan aquesta s'esgotava, calia anar a buscar-ne a la font i portar a sobre el dipòsit, que era molt pesat. El sistema és, sens dubte, una mica rude, però és un visualitzador inapel·lable. La consciència del consum individual està assegurada. La solució no és tant instal·lar aquest tipus de mecanismes a les cases, sinó, una vegada les consciències individuals han despertat, trobar sistemes col·lectius que incorporin el tema del reciclatge a la concepció mateixa de les cases. Hauríem d'exigir seriosament que tot habitatge nou, tota nova urbanització, adaptés sistemes de reciclatge d'aigua; això relativitzaria els comportaments individuals. Cal implementar massivament sistemes racionals de gestió de l'aigua.

DP

Gràcies per aquest exemple. Entenc que del que es tracta, en definitiva, és de ser capaces de visualitzar plegades una cosa que compartim i ens afecta a totes, i de reconèixer-nos en la mateixa batalla.

Finalment, per acabar participant en el joc de paraules que ens proposen el full de mà i el mateix títol de l'exposició, a l'hora de fer un resum del que hem parlat, amb quina et quedaries?

Frame del vídeo X-Ville, Jordi Colomer, 2015 (Prod Xarxa, Loop, ESAAA). Cortesia de l'artista

JC
Felicitat
Famoses Faules Factibles
Flor Febre Feroç
Fràgil Fantasiejar Fi

Article

9

Capitalobsceno

Article 9. Capitalobsceno

EDITOR
**Sant Andreu Contemporani /
Ajuntament de Barcelona**

TENIENTA DE ALCALDÍA DE DERECHOS SOCIALES,
CULTURA, EDUCACIÓN Y CICLOS DE VIDA
M. Eugènia Gay i Rosell

REGIDOR DE CULTURA I INDÚSTRIES CREATIVES
Xavier Marcé Carol

GERENTE DEL INSTITUTO DE CULTURA DE BARCELONA
Oriol Martí Sambola

CONSEJO DE EDICIONES Y PUBLICACIONES DEL
AYUNTAMIENTO DE BARCELONA
**Xavier Marcè Carol, Gemma Arau
Ceballos, Maria Buhigas San José,
Ferran Burguillos Martínez, Núria Costa
Galobart, Mireia Escobar Costa, Sonia
Fuertes Ledesma, David Lizoaín Bennett,
Oriol Martí Sambola, Lluís Mauri Roldán,
Àlex Montes Flotats, Jaume Muñoz
Jofre, Joan Ramón Riera Alemany, Pilar
Roca i Viola, Miquel Rodríguez Planas,
Edgar Rovira Sebastià, Montserrat
Surroca Comas i Anna Giralt Brunet**

DIRECTORA DE COMUNICACIÓN
Pilar Roca i Viola

DIRECTORA DE SERVICIOS EDITORIALES
Núria Costa Galobart

Dirección de Servicios Editoriales
Passeig de la Zona Franca, 66, 08038 Barcelona. Tel. 93 402 31 31
barcelona.cat/barcelonallibres

ARTICLE 9
DIRECTOR
Jordi Pino

CONCEPTO
Jordi Pino, Pablo G. Polite, Diana Padrón

EDICIÓN Y COORDINACIÓN
Pablo G. Polite, Diana Padrón

TEXTOS
**Ramón del Castillo, Gisela Chillida,
Andreas Malm, Diana Padrón, Jordi
Pino, Pablo G. Polite, Lucía Vicent**

ENTREVISTAS
Jordi Colomer, Andreu Escrivà

TRADUCCIÓN Y CORRECCIÓN DE TEXTOS
Adolf Fuertes, Núria Riambau

FOTOS
**Irene de Andrés, Daniel de la Barra,
Olalla Gómez, Jorge Isla, Leo Pum,
Marta R. Chust i Roc Domingo,
Edu Ruiz, Bárbara Sánchez Barroso,
Huaqian Zhang**

ILUSTRACIONES
Marc Herrero

DISEÑO
Parte Studio (Estela Ibarz + Berta Mir)

IMPRENTA
Descontrol

AGRADECIMIENTOS
**Capitan Swing
Ramón Solé
Direcció de Serveis a les Persones -
Districte de Sant Andreu**

DEPÓSITO LEGAL
B 3906 – 2016

ISBN
978-84-9156-594-9

ISSN
2938- 3293

EDICIÓN
500 ejemplares

**Con la colaboración del Institut
de Cultura de Barcelona (ICUB).**

© de los textos: los/las autores/as respectivos/as, 2024
© de las traducciones: los/las autores/as y Ajuntament de
Barcelona, Sant Andreu Contemporani, 2024
© de las imágenes: los/las autores/as respectivos/as, 2024
© de las ilustraciones: los/las autores/as respectivos/as,
2024 © de la edición: Ajuntament de Barcelona, Sant Andreu
Contemporani, 2024

Article no se hace necesariamente responsable de la opinión de
sus redactores y colaboradores. Las imágenes utilizadas provienen
mayoritariamente de proyectos presentados en diferentes edi-
ciones de la Convocatoria de Artes Visuales Miquel Casablancas.

Ajuntament de Barcelona

**Sant Andreu
Contemporani**

Sum

ario

La crisis climática es un reto global. Representa uno de los mayores desafíos de nuestra era y requiere una reflexión profunda y continua para discernir y señalar aquellos factores que han llevado a la actual situación. En este contexto surge la noción de «capitaloceno», acuñada por el filósofo Franco Berardi, un neologismo que pretende encapsular la intersección entre el capitalismo y la crisis ecológica.

JORDI PINO

ANTROPÓLOGO Y DIRECTOR DE SANT ANDREU CONTEMPORANI

Editorial

Profundiza en esta idea al señalar que el capitalismo contemporáneo no solo es voraz en términos económicos, sino que también es obsceno en su relación con la naturaleza y con los seres humanos. En su afán de acumulación de riqueza, el capitalismo sacrifica la salud del planeta y de las personas, perpetuando desigualdades sociales y destruyendo la diversidad biológica y cultural. Aun así, paradójicamente, presume de una dudosa moral ecológica, a menudo disfrazada como «capitalismo verde». Se produce, por tanto, una aparente respuesta del sistema a las crecientes preocupaciones medioambientales. Sin embargo, es crucial examinarla de cerca para discernir las iniciativas genuinas de aquellas que suponen claramente un *greenwashing*.

El neoliberalismo, como sistema económico dominante, con sus políticas de libre mercado, desregulación y privatización ha contribuido significativamente al deterioro ambiental. La búsqueda incesante de ganancias y el consumo desmedido ha llevado a la sobreexplotación de recursos naturales y a la emisión descontrolada de gases de efecto invernadero. Sin embargo, el capitalismo verde intenta presentarse como una solución, promoviendo prácticas empresariales supuestamente sostenibles. Esta aparente conciencia ecológica, en muchos casos, no es más que una estrategia para perpetuar un inmovilismo. Se crea una ficción que sugiere que el mercado, mediante la adopción de prácticas ambientales, puede resolver la crisis climática. Sin embargo, esto a menudo sirve para enmascarar la verdadera naturaleza del liberalismo, que se ha mostrado inherentemente insostenible en su búsqueda de crecimiento infinito.

Desde un punto de vista antropológico, es crucial examinar cómo las estructuras sociales y económicas influyen en la relación de la humanidad con el medioambiente. El capitaloceno destaca cómo el capitalismo no solo afecta la naturaleza, sino también las formas en que las personas perciben y se relacionan con su entorno. La ideología consumista impulsa la degradación ambiental al mismo tiempo que moldea las aspiraciones y valores de las sociedades. Es interesante también observar en la misma línea cómo muchas sociedades han interiorizado la lógica del consumismo y la explotación ambiental como parte integral de su identidad. La épica del crecimiento económico a menudo se asocia con el progreso, lo que dificulta cuestionar las prácticas perjudiciales para las relaciones entre personas y el medioambiente. En este sentido, la crisis climática no es solo un fenómeno ambiental, sino también un reflejo de las dinámicas sociales y culturales impulsadas por el capitalismo.

Superar la falsa moral ecológica implica no solo cambiar prácticas empresariales, sino cuestionar y transformar las estructuras fundamentales que perpetúan la explotación de la naturaleza y las desigualdades sociales. Es fundamental trascender la retórica superficial del ecoposturéo y abogar por cambios estructurales que aborden la raíz del problema. La conciencia ambiental debe ser auténtica y no simplemente un recurso de marketing. Adoptar un enfoque más holístico, que involucre cambios en la cultura y los valores es esencial para construir el camino hacia la sostenibilidad real.

Desde el arte, se precisa plantear una visión crítica de esta situación, desafiar los modelos dominantes y revelar las contradicciones del capitalismo verde. Numerosos artistas han utilizado su creatividad para cuestionar el *statu quo* exponiendo las injusticias ambientales y sociales que resultan de la búsqueda desenfrenada de ganancias. *Article 9* quiere ayudar a revelar la compleja relación entre el capitaloceno, la crisis climática y la cultura; a suscitar una reflexión crítica sobre las narrativas hegemónicas; a generar consciencia y fomentar la acción colectiva contra este modelo capitalista que está llevando al planeta al borde del colapso.

En un sistema regido por intereses egoístas que oscurece nuestro presente y futuro inmediato, soñar puede tener carga política y ser un incentivo para la resistencia y el cambio. Desde esta publicación, de una manera humilde pero activista y contundente, con nuestros colaboradores y artistas, queremos invitarte a disfrutar de su lectura y reflexionar desde esa otra mirada.

En busca orígenes economía

ANDREAS MALM

ESCRITOR PERIODISTA I ACTIVISTA

MUESTRA METAGEOLÓGICA 07_, Leo Pum, 2022

de los de la fósil*

¿Qué queremos decir con «economía fósil»? Una definición sencilla sería: una economía de crecimiento autosostenido basada en un consumo cada vez mayor de combustibles fósiles y que por lo tanto genera un crecimiento constante de las emisiones de dióxido de carbono. Sinónimo aproximado de la *normalidad capitalista* en el vocabulario de las políticas climáticas, es, decimos nosotros, el principal impulsor del calentamiento global. Apareció por vez primera durante la Revolución Industrial, cuya gran proeza histórica consistió en inaugurar una era de «crecimiento autosostenido», es decir, no un crecimiento puntual, efímero, interrumpido tras un fugaz florecimiento, sino persistente y continuo, una progresión secular propulsada por sus propias fuerzas internas[1]. Por supuesto, en términos biofísicos o termodinámicos, ningún crecimiento puede alimentarse a sí mismo: una de las lecciones fundamentales de la economía ecológica es que siempre depende de la retirada y la disipación de recursos naturales. Sin embargo, a través de mecanismos que habrá que detallar más adelante, el fuego del crecimiento moderno reproduce un gas económico que prende necesariamente como más crecimiento, y el resultado del proceso lo espolea a seguir adelante, reforzando

de nuevo el bucle a una escala más amplia, y solo en este sentido es autosostenido. La economía fósil nació cuando ese fuego empezó a ser alimentado con el combustible material de la energía fósil.

Salta a la vista que la economía fósil, según esta definición, no puede dar cuenta de la totalidad de la influencia humana sobre el clima. La quema de combustibles fósiles es solo una causa del calentamiento global, del mismo modo que el sol es solo uno de los cuerpos del sistema solar y el presidente norteamericano es solo un elemento dentro de un equipo más amplio: el resto, débiles en comparación, giran en torno a él. El «cambio de usos del suelo» —léase «deforestación»— supone una cuarta parte de todo el CO_2 liberado desde 1870, pero su importancia no ha dejado de menguar y ahora mismo representa en torno al 8% de las emisiones, mientras que

1. Véase, p. ej., Hobsbawm, E., *Industry and Empire: The Birth of the Industrial Revolution*, Londres, 1999 [1968], pp. 12-13 [trad. cast.: *Industria e imperio: una historia económica de Gran Bretaña desde 1750*, Barcelona: Ariel, 1988, trad. de Gon- zalo Pontón]; Landes, D., *The Unbound Prometheus: Technological Change and In- dustrial Development in Western Europe from zyyo to the Present*, Cambridge, 2003 [1969], pp. 3, 41, 80-81 [trad. cast.: *Progreso tecnológico y revolución industrial*, Madrid: Tecnos, 1979, trad. de Francisca Antolín Vargas].

los combustibles fósiles acaparan prácticamente todo el resto[2]. Luego están los otros gases de efecto invernadero —metano, dióxido de nitrógeno, ozono, hexafluoruro de azufre...—, cuyas historias sociales habría que contar para poder tener un cuadro completo. Pero sí se puede decir que la quema de combustibles fósiles es el núcleo duro del problema, el factor cuantitativamente dominante y cualitativamente determinante. Merece una atención especial.

Si las emisiones de dióxido de carbono dejaran de aumentar y se mantuvieran constantes, las concentraciones atmosféricas de este gas aún seguirían subiendo: al final, lo que cuenta para el clima son los volúmenes absolutos de CO2. ¿Por qué entonces incluir su crecimiento en la definición de economía fósil?

Porque es la unión de la expansión económica y el consumo de energía fósil lo que ha hecho que las emisiones hayan seguido subiendo hasta los totalmente insostenibles niveles actuales (que además no dejan de crecer): ese es el proceso realmente existente, la combinación que nos ha traído a este mundo más cálido. Caben tres desviaciones fundamentales de la norma. Una economía que crece al tiempo que sus emisiones se estabilizan, aunque sea a un nivel elevado, puede ser considerada una economía fósil *desacoplada*; aún podría seguir estando basada de manera abrumadora en combustibles fósiles, pero solo uno de sus dos componentes seguiría en movimiento. Una economía en la que no pueda señalarse tendencia alguna en ninguno de ambos aspectos puede calificarse de economía fósil de *estado estacionario*, mientras que una economía con emisiones en continua disminución —debido a un fallo espontáneo, a políticas orquestadas de manera deliberada o a algún otro factor— es una economía fósil *en declive*. Cuando estas variantes han llegado a darse en la

2. Véanse Stocker, T., D. Qin, G.-K. Plattner et al. (eds.), *Climate Change 2ozs: The Physical Science Basis. Contribution of Working Group I to the Fifth Assessment Report of Intergovernmental Panel on Climate Change*, Cambridge, 2013, pp. 50-52, 489-494; Friedlingstein et al., «Persistent», pp. 711-712.

Campaña sostenible de Repsol-Iberia

realidad, se ha tratado de excepciones que confirmaban la regla, o de aberraciones con respecto a la normalidad capitalista (supuestos desacoplamientos contradichos por emisiones al alza incorporadas en las importaciones; situaciones estacionarias como rasgo pasajero de una crisis, como en 2009; declive —en particular, en Europa del Este en los años noventa— seguido de una recuperación)[3]. Nada de esto desmiente la definición que hemos dado del objeto de nuestra investigación histórica.

La economía fósil tiene carácter de totalidad, de entidad diferenciada: una estructura socioecológica en la cual un determinado proceso económico y una determinada forma de energía están soldados el uno a la otra. Mantiene una cierta identidad a lo largo del tiempo; contrariamente a los axiomas del individualismo metodológico, el individuo embrionario está suspendido en su fluido. La persona que nace hoy en Gran Bretaña o en China ingresa en una economía fósil preexistente, que ha adquirido desde hace mucho una realidad propia y que se enfrenta al recién nacido como un hecho objetivo. Posee auténticos poderes causales, el más notable de todos el de alterar las condiciones climáticas del planeta Tierra, pero ello únicamente como resultado de su poder para dirigir el comportamiento humano. La gerente de una fábrica se verá presionada[4] para obtener energía conectándose a la red procedente de la central térmica de carbón más cercana en lugar de construir su propia rueda hidráulica. La propietaria de una empresa enviará sus mercancías al mercado mundial en cargueros de fuel en vez de en barcos de vela. Una cajera puede no tener más opción que ir a trabajar al supermercado en coche —lo que es seguro es que no irá a caballo—, y si se quiere ir de vacaciones, se va a topar con abundante publicidad que le ofrece el avión como opción de transporte. Además, ninguna de esas actividades, emisoras de gases, sería posible si no estuvieran integradas en la economía fósil: en una isla desierta, o en un país que hubiera quedado al margen de esta economía, un individuo no podría llevar a cabo ninguna de ellas. Como tal, pues, la economía fósil es una sustancia totalmente *histórica*. Ha tenido que nacer en algún momento. Los poderes causales que en la actualidad ejerce son propiedades devenidas: no siempre estuvieron ahí. Determinados agentes han tenido que crearla por medio de actividades que cabe entender como un momento de construcción, por más que, una vez erigida, la estructura de un edificio acabe siendo un rasgo perdurable del mundo; arraigada en el entorno, condiciona los movimientos de las personas que

están dentro. Al final, acaba resultando indistinguible de la vida misma: es la normalidad capitalista. Pero la economía fósil se construyó en algún momento y desde entonces se ha reproducido y ampliado, y cualquier cosa que se haya edificado en el tiempo puede ser demolida (o se puede escapar de ella)[5].

De modo que ¿cómo empezó todo? ¿Adónde nos llevaría la búsqueda de un momento de construcción? Aunque varios países podrían reclamar para sí ser la cuna de la modernidad, el capitalismo, la Ilustración o la democracia liberal, la economía fósil tiene un lugar incontestable de nacimiento: Gran Bretaña representaba el 80% de la emisiones globales de CO_2 derivadas de la quema de combustibles fósiles en 1825 y el 62% en 1850[6]. Hay un margen de error en estas cifras, pero nos dan una idea de las proporciones y las tendencias, y parecen indicar que Gran Bretaña perdió parte de su superioridad a medida que el consumo de combustibles fósiles se extendió a otros países, pero siguió generando *más de la mitad* de las emisiones mundiales hasta bien entrado el siglo XIX. Los orígenes del lío en el que estamos metidos hay que situarlos en suelo británico.

Es por eso que ha habido un pequeño aluvión de interés por revisar la Revolución Industrial británica en busca de pistas sobre cómo pasó todo esto y, no menos importante, qué hacer ahora. En aquella época se produjo una transición energética —cuya definición más simple puede ser el cambio de un sistema económico dependiente de una o varias fuentes de energía y tecnologías a otro—, y como ahora nos dirigimos a otra transición, concluye el razonamiento, tenemos que aprender del pasado para hacerlo lo mejor posible[7]. Si nos imaginamos la economía fósil no como un edificio estático sino más bien como un tren que en algún momento del pasado entró en la peligrosa vía en la que está ahora, nos

3. Sobre emisiones incorporadas en las importaciones, véase más adelante; sobre la efímera reducción de las emisiones durante la reciente crisis financiera, véase Peters *et al.*, «Rapid».

4. Siempre que ello es posible, recogemos en la traducción la opción del autor por el género gramatical femenino en determinadas referencias pronominales, que en el paso al castellano se extiende a otras categorías gramaticales. *(N. del T.)*

5. Esta interpretación de la estructura se inspira en Sewell Jr., *Logics;* Elder-Vass, D., The Causal Power of Social Structures, Cambridge, 2010; Elder-Vass, D., *The Reality of Social Construction*, Cambridge, 2012.

6. Boden, T., G. Marland y R. Andres, *Global, Regional, and National Fossil-Fuel CO2 Emissions*, Oak Ridge: Carbon Dioxide Information Analysis Center, cdiac.ornl. gov, 2013.

7. Fouquet, R. y P. Pearson, «Past and Prospective Energy Transitions: Insights from History», *EP* 50, 2012, p. 1.

hace falta saber algo del mecanismo de las agujas que permitirían entrar en una ruta más segura. La Revolución Industrial británica adquiere en este punto la condición de archivo único de enseñanzas. ¿Y qué es lo que dicen estas? «Primero, la transición fue lenta. Segundo, fue impulsada por los precios. Tercero, requirió nueva tecnología». Añádanse capital humano, descubrimientos científicos, cooperación y el egoísmo más estrecho de miras en cantidades iguales y, concluye el historiador de la economía Robert Allen, una futura transición a energías sostenibles incluirá igualmente estas características. Y, lo que es más importante, «la gente responde al incentivo de los precios[8]».

Una lección que se saca a menudo del cambio a los combustibles fósiles es precisamente que se prolongó mucho en el tiempo, que pasó por varias fases de experimentación llenas de obstáculos y que los diversos actores aprendieron muy lentamente a domeñar la nueva forma de energía; de donde se concluye que la salida de los mismos debería producirse al mismo ritmo y abstenerse de cualquier «ampliación prematura de las tecnologías y las industrias»[9]. Una transición necesita tiempo. Aún más perentoria es, como veremos, la supuesta lección de los precios: los combustibles fósiles ganaron aquella carrera porque eran los más baratos, y ahora habría que asegurarles esa misma ventaja a las alternativas renovables si es que van a tener una oportunidad. Además, si la Revolución Industrial británica constituye un modelo para «la segunda revolución industrial» o revolución verde o baja en carbono o sostenible, hay todavía otra lección que parece inevitable: «El afán de lucro de las pequeñas y medianas empresas, más que la acción comunitaria, podría impulsar la innovación». El hecho de que los instigadores del cambio en aquel entonces «fueran competitivos capitalistas y se hicieran ricos gracias a ello» nos aconseja evitar la idea de que «solo las iniciativas comunales pueden impulsar el cambio radical»[10]. Capitalistas desarrollando tecnologías a precios bajos: este es el manual que hay que seguir.

Sin embargo, cualquier paralelismo directo entre la entrada *en* la economía fósil y la salida *de* la economía fósil es espurio. Se parece mucho a la falacia de presuponer que el presente es en esencia lo mismo que el pasado, lo cual autoriza una transferencia inmediata de principios, igual que cuando los generales de un ejército idean sus estrategias a partir de antiguas batallas y sufren una severa derrota, olvidando la regla heraclitiana según la cual uno no puede entrar dos veces en el mismo río. Como han señalado varios estudiosos, la transición ahora inminente —si es que realmente lo es— estaría motivada por la necesidad urgente de conjurar o al menos minimizar el catastrófico cambio climático, un peligro al que la humanidad nunca antes se ha enfrentado y que, a buen seguro, no estaba entre los cálculos de los primeros industriales británicos. La cualidad más altamente apreciada de la energía renovable serían sus bajas o nulas emisiones de dióxido de carbono: un bien público, no un beneficio privado. Lo que ahora caracteriza al tiempo es que es escaso. Por estas y otras razones, la próxima transición no puede participar de los rasgos canónicos de la Revolución

Le Reflet, Jorge Isla, 2021

8. Allen, R., «Backward into the Future: The Shift to Coal and Implications for the Next Energy Transition», *EP 50*, 2012, pp.17, 23.

9. Grubler, A., «Energy Transitions Research: Insights and Cautionary Tales», *EP 50*, 2012, p. 14.

10. Bellaby, P., R. Flynn y M. Ricci, «Towards Sustainable Energy: Are there Lessons from the History of the Early Factory System?», *Innovation 23*, 2010, p. 344.

11. Como sostienen, p. ej., Pearson, P. y T. Foxon, «A Low Carbon Industrial Revolution? Insights and Challenges from Past Technological and Economic Trans- formations», *EP 50*, 2012, pp. 117-127.

Industrial británica; por encima de todo, esta vez tendría que estar *planificada colectivamente*[11]. Pero se encontraría con obstáculos. Las medidas necesarias para una retirada progresiva, obligatoria, rápida y políticamente dirigida de los combustibles fósiles pueden ser, como señala lacónicamente el IPCC en un «Resumen para responsables de políticas» de 2007, «difíciles de implementar» debido a lo que el grupo califica de «principal impedimento»: a saber, la *«resistencia por parte de intereses privados»*[12]. En estas pocas palabras aflora de manera condensada todo un mundo de antagonismos. Así pues, hay que

deshacerse de los combustibles fósiles para que la civilización humana pueda perdurar y prosperar, pero hay «intereses privados» interponiéndose en el camino. ¿En qué consisten?

Aquí podría haber una razón mejor para volver a examinar la Revolución Industrial. Si la economía fósil es un tren que nunca se detiene, sino que siempre acelera, incluso cuando se acerca a un precipicio, de lo que se trata es de frenar (o tal vez de saltar) a tiempo; y si hay una maquinista que trata de impedirlo, seguramente lleva un tiempo sentada a los mandos de la locomotora: necesitamos saber quién es y cómo trabaja (o tal vez sea una máquina automática, un artefacto sin conductor, pero la necesidad seguiría siendo la misma). Puede que los intereses que una vez pusieron el tren en marcha sigan impulsándolo todavía. De este modo, la transición anterior no sería tanto un modelo para la siguiente como *una clave para entender y apartar los obstáculos*. No podemos saberlo con seguridad: es solo una sospecha. Naturalmente, cabe la posibilidad de que las razones iniciales para adoptar los combustibles fósiles no tengan nada que ver con el interés por aferrarse ahora a ellos, que podría haberse hecho con los mandos en algún momento del viaje. Pero si queremos saber algo más sobre las fuerzas propulsoras de la economía fósil, las leyes que rigen su movimiento y los intereses que hay implicados, el principio parece un buen lugar por el que empezar.

Ya planteemos esta investigación como una búsqueda de parábolas o como una búsqueda de enemigos, el presupuesto subyacente es que cabe emprender una acción positiva: que todavía no es demasiado tarde. Pero ¿y si lo fuera? «Si no actuamos antes de 2012, será demasiado tarde», declaró Rajendra Pachauri, presidente del IPCC, en 2007: «Lo que hagamos en los próximos dos o tres años determinará nuestro futuro. Estamos en el momento decisivo»[13]. ¿Qué pasa si no era mera retórica, sino una predicción exacta que pronto se verá plenamente justificada? ¿Tendrá entonces algún sentido andar hurgando en los anales de la economía fósil? No habrá muchas cuestiones históricas que sigan siendo de interés si el nivel del mar sube dos metros; esta podría ser una de las pocas. O, de acuerdo con Gardiner: tenemos el «deber de *dar testimonio* de los errores graves aun cuando haya pocas esperanzas de cambio»[14]. La razón militante para estudiar la historia de la economía fósil tiene un respaldo contemplativo. La cuestión se reduce, por decirlo de la manera más sencilla posible, a una pregunta candente: ¿cómo hemos llegado a este atolladero?

12. IPCC, «Summary for Policymakers», en Metz B., O. Davidson, P. Bosch, R. Dave y L. Meyer (eds.), *Climate Change 2007: Mitigation. Contribution of Working Group III to the Fourth Assessment Report of the Intergovernmental Panel on Climate Change*, Cambridge, 2007, p. 20. La cursiva es nuestra.

13. Citado en el *New York Times* [*NYT* de aquí en adelante], «U.N. report describes risks of inaction on climate change», 17 de noviembre de 2007.

14. Gardiner, *Perfect*, p. 437. La cursiva es nuestra.

(*) Malm, A. "En busca de los orígenes de la economía fósil", extracto del ensayo *Capital fósil. El auge del vapor y las raíces del calentamiento global* (traducido por Emilio Ayllón Rull), Capitán Swing, Madrid, 2020 [Título original: *Fossil Capital: The Rise of Steam Power and the Roots of Global Warming* (2017)]

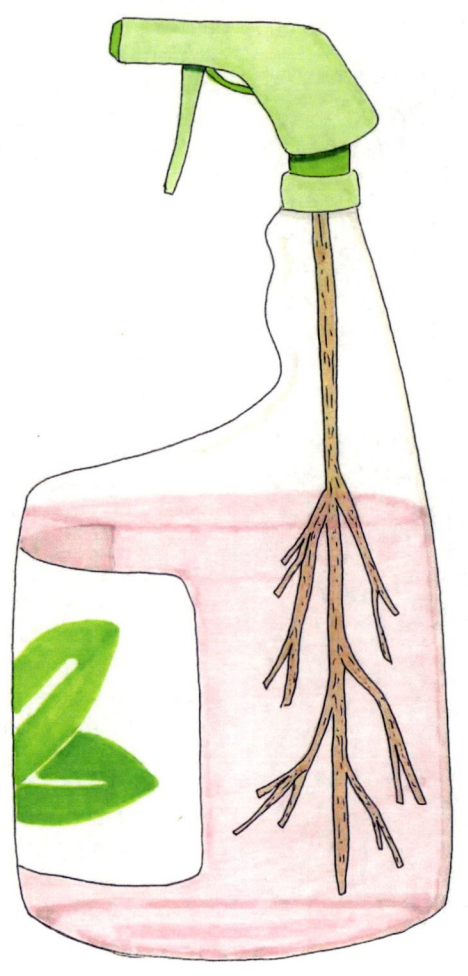

Ilustraciones de Marc Herrero

Estrategias de negocio en torno al capitalismo verde. Readaptación del capitalismo para responder a la exigencia de la acumulación

LUCÍA VICENT

ECONOMISTA Y ECOFEMINISTA

A lo largo de la historia, la forma de mirar el mundo e interpretar la realidad que nos rodea ha estado marcada por la perspectiva hegemónica propia de cada contexto particular que, condicionada por los intereses de aquellos agentes de mayor poder y en línea con los valores sociales dominantes en un momento concreto, prima sobre las demás y confecciona el entramado conceptual que orientará los interrogantes, focos de interés, procedimientos y, en definitiva, las respuestas a los problemas que afectan a la sociedad. En consecuencia, se impone una cosmovisión que establece las prioridades a perseguir, pudiendo omitir de la interpretación todo aquello que distorsione o cuestione el objetivo que subyace a esa forma de aproximarnos a la realidad.

Azul abandonado (detalle), Eduard Ruiz, 2017. Cortesías: Sant Andreu Contemporani, Galería CityArt, Alessia Locatelli.

En el terreno de la economía comprobamos que se impone una visión que impregna el discurso oficial, que podríamos denominar Economía Política del Capital, bajo la cual se enmarcarían todos aquellos aportes y discusiones teórico-políticas que, a pesar de las distancias en sus posiciones, comparten una matriz interpretativa común que aspira a mantener intactas las lógicas de funcionamiento del modelo vigente, el capitalismo.

Aplicando la retrospectiva, se comprueba que la máxima de este sistema económico es la exigencia de la acumulación, lo que obliga a garantizar la rentabilidad del capital privado y las tasas de beneficio, a cualquier precio. Los rasgos distintivos del sistema capitalista demuestran que el modelo productivo y de acumulación se ha basado, y sigue haciéndolo, en la explotación del trabajo asalariado, el expolio de los recursos naturales a los países empobrecidos, un crecimiento basado en energías fósiles que extiende la pobreza, la exclusión, la desigualdad; un sistema que obliga al ajuste constante de nuestras condiciones de vida, que es destructor, contaminante y, en definitiva, contrario a las necesidades sociales y a la supervivencia humana, así como del resto de especies que cohabitan en el planeta. Hay que referirse, por tanto, a un sistema económico generador de crecientes tensiones y devastadoras consecuencias cuya potencialidad ha consistido en su capacidad para sobreponerse a las importantes crisis, conflictos y desequilibrios que lo han atravesado,

y resistir frente a los debates pasados que pudieran plantear otras alternativas a este modelo.

Gracias a otras miradas y propuestas interpretativas, críticas con los planteamientos que insisten en el mantenimiento del modelo vigente, como es el caso del Ecofeminismo, hoy es posible desvelar las lógicas, relaciones, jerarquías y formas de organización social que reproduce y se retroalimentan dentro del capitalismo. La centralidad de lo económico y los designios del mercado impregna y supedita el resto de esferas que afectan a nuestra cotidianidad (la esfera pública, social, domestica, ecológica) a través de la promoción de unas relaciones económicas de producción y organización de los trabajos que compromete la viabilidad de la naturaleza y sus límites biofísicos, y que lleva al límite la manera en la que se atienden las actividades de cuidados que sostienen la reproducción de la vida presente y futura. Porque el cumplimiento con el crecimiento, la acumulación y la rentabilidad del capital, como remarcan esas otras miradas ecologistas y feministas, se apoya en una base material e inmaterial que es resuelta en la esfera natural y en los hogares, en esos otros espacios invisibilizados, negados y no reconocidos social ni económicamente hablando. Sin las funciones ecosistémicas que nos permite la biosfera (que nos proveen de los recursos naturales y energéticos, de las condiciones climatológicas para el ejercicio de la actividad económica) o de aquellas reproductivas y tradicionalmente asumidas por las mujeres (que permiten disponer de la mano de obra, en la cantidad y condiciones requeridas por el mercado) no hubiera posible cumplir con las exigencias del modelo.

ARRIVE AND LEAVE by train, bus, monorail, hover-craft, car, tube or foot at any time YOU want to - or just have a look at it as you pass. The information screens will show you what's happening. No need to look for an entrance - just walk in anywhere. No doors, foyers, queues or commissionaires: it's up to you how you use it. Look around - take a lift, a ramp, an escalator to wherever or whatever looks interesting.

CHOOSE what you want to do - or watch someone else doing it. Learn how to handle tools, paint, babies, machinery, or just listen to your favourite tune. Dance, talk or be lifted up to where you can see how other people make things work. Sit out over space with a drink and tune in to what's happening elsewhere in the city. Try starting a riot or beginning a painting - or just lie back and stare at the sky.

WHAT TIME IS IT? or summer - it rea that roof will stop th ficial cloud will kee you. Your feet will the atmosphere clea not have your favou watch the thundersto

Estrategias de negocio en torno al capitalismo verde. Readaptación
del capitalismo para responder a la exigencia de la acumulación
P. 19

Ocultar la importancia y consecuencias para estos espacios de insistir en las prioridades de la acumulación capitalista ha sido posible gracias a la miopía de los diagnósticos con capacidad para marcar la agenda que orienta la economía internacional, obviando interesadamente las claves que nos permiten señalar las verdaderas causas que nos han conducido a la crisis ecosocial que padecemos. Los principales puntos ciegos son, precisamente, la cuestión ecológica y las actividades que entraña la reproducción social. Y no por casualidad.

Fun Palace, Huqian Zhang, 2020

1. Puede encontrarse un recorrido para el caso español en González, E.; y Ramiro, P. (2022). El Estado-empresa español en el capitalismo verde. La Pública. 29 de junio de 2022. Disponible en: https://lapublica.net/es/articulo/capitalismo-verde-espana/

2. Para profundizar en este asunto, se recomienda consultar Vicent, L. y Luengo, F. (coords.) (2020). Vicent, L. y Luengo, F. (coords.) (2021). Europa, pandemia y crisis económica. Dossieres EsF, 43. Disponible en: https://ecosfron.org/portfolio/europa-pandemia-y-crisis-economica/

Actualmente atravesamos un momento central en la configuración de las lógicas que guiarán la acumulación capitalista a partir de ahora, cuyos efectos dependerán de las prioridades que orienten las respuestas en torno a la gran crisis multidimensional, sistémica y civilizatoria que se extiende a escala global. Y sucede en un escenario mundial con importantes problemas de crecimiento económico, bajas tasas esperadas de beneficio e incapaz de promover avances en materia de productividad, inversión o empleo, que resolvieran las dinámicas de estancamiento que comprometen la acumulación. Se plantea, de ese modo, la necesidad de buscar alternativas que ofrezcan respuestas a las restricciones que comprometen los intereses de las grandes élites económicas y corporaciones empresariales. La estrategia de las grandes corporaciones empresariales, avalada por los distintos niveles y espacios de intervención que comprende la institucionalidad y los poderes públicos, es la apuesta por el capitalismo verde y por la digitalización.

Aparece entonces, en este escenario, la posibilidad de incorporar algunos de los problemas del pasado, otros emergentes, de carácter social y ecológico, que se desprenden del constante tensionamiento económico y que son susceptibles de integrarse bajo la lógica mercantil y rentabilizarlos. Empiezan entonces a localizarse posicionamientos en el mundo empresarial y la clase política que relacionan los problemas emergentes en el plano ecológico y social, al menos los más evidentes e innegables para la población en general (como pueden ser los efectos el cambio climático, la insostenibilidad de la actual matriz energética a los requerimientos del modelo productivo, la insuficiente creación del empleo, la extensión de la precariedad y los problemas de conciliación), con la necesidad de un nuevo contrato público-privado para la promoción de nuevas fórmulas de negocio que pivoten en torno a la máxima de la digitalización y la transformación para la sostenibilidad del modelo productivo. En contra de lo que pudiera parecer, su consideración no resulta de la imposibilidad de seguir obviando los efectos ecológicos o negando la insostenibilidad para los cuidados de las exigencias del capital, ni siquiera de no poder eliminar de la ecuación la dependencia de la actividad económica y del crecimiento de las funciones ecosistémicas que ofrece el mundo natural, sino del hecho de que lo verde, la sostenibilidad o las nuevas formas de organizar el trabajo remunerado son integrables en una estratégica que abre nuevos espacios de oportunidades para la rentabilidad empresarial.

Esta estrategia ya está en marcha y se ha traducido en la activación de líneas de financiación y ayudas económicas, encontrando en esta vía uno de los principales mecanismos para remontar las expectativas económicas de etapas anteriores. Activar recursos y canalizarlos hacia el mundo empresarial no resulta novedoso si consideramos la intervención pública que ha acompañado la gestión económica de las dos grandes crisis de este siglo XXI[1]. Las inyecciones de liquidez del Banco Central Europeo, los préstamos a fondo perdido de los Estados, la socialización de pérdidas empresariales en España y otras economías de referencia fueron claves en la crisis de 2008 para evitar quiebras en cadena de entidades privadas y financieras que se lucraron de la elevación de los riesgos financieros y de la expansión económica a través del crédito. O si nos referimos al protagonismo del Estado durante la paralización económica derivada de la emergencia sanitaria como garante de empleo y la supervivencia de muchas empresas, así como su papel promotor de la reactivación económica posterior[2]. Lo novedoso es el ideario que acompaña las nuevas vías de financiación que se han activado en torno al capitalismo «verde» para seguir haciendo girar la rueda de las transferencias públicas hacia el terreno de lo privado.

La magnitud de los recursos activados y variedad de las líneas abiertas a las que acceden las empresas hacen de la intervención institucional reciente, al menos, un hecho significativo. De hecho,

Estrategias de negocio en torno al capitalismo verde. Readaptación
del capitalismo para responder a la exigencia de la acumulación

P. 21

los fondos Next Generation, provenientes de la UE, suponen una operación inédita orientada a la financiación de los planes nacionales de reconstrucción, transformación y resiliencia y sirven de ejemplo de la ingente cantidad de recursos movilizados, esta vez, diciendo responder a los problemas ecológicos y sociales que enfrenta la población mundial. Y no son el único mecanismo público para impulsar las iniciativas privadas bajo el paraguas del capitalismo verde. Otras tantas fórmulas dan cuenta del apoyo público para una supuesta transformación ecosocial del modelo, como a las que nos remiten las ayudas directas a PYMES de la Cámara de Comercio de España o el programa cofinanciado por el Fondo Europeo de Desarrollo Regional para mejorar la eficiencia energética, la medición de la huella de carbono, la economía circular y la Agenda 2030.

Alrededor de estas claves discursivas, pero especialmente para acceder a estos fondos, son cientos las empresas y *starts ups* verdes y 'tech' creadas bajo los parámetros del desarrollo sostenible, como también muchos los impulsos para la creación de nuevos megaproyectos que dicen promover cambio del tejido productivo en aras de un capitalismo más verde, más social. Las fórmulas que surgen están recayendo en alianzas público-privadas, a nivel transnacional en muchos casos, que exigen elevados niveles de inversión y que encuentran en la sostenibilidad medioambiental y la transformación productiva la puerta de entada a nuevos nichos de negocio en los que extender las prácticas mercantiles. Tal es el caso de los megaproyectos en torno a las fuentes de energía renovable (parques eólicos y fotovoltaicos, grandes centrales hidroeléctricas o iniciativas vinculadas al hidrógeno), la minería de materiales críticos (litio, níquel, zinc, plomo, platino, cadmio, teluro, magnesio ...) o los espacios vinculados con el desarrollo de la digitalización (redes 5G, autopistas eléctricas, *gigafactorías,* megagranjas industriales[3] ...).

Mientras se insiste en las posibilidades ecológicas y sociales, al amparo de la fe en la tecnología, en el desacople material y la descarbonización del crecimiento, los problemas se agravan. En la práctica, confirmamos que la apuesta por el capitalismo verde y las aplicaciones que se suceden en torno a él, no solo no reducen el consumo de energía y materiales, sino que lo aumentan exponencialmente. Frente a la promesa de crear empleo de calidad, bien pagado y en buenas condiciones, en sectores tecnológicos ligados con transformación productiva, crecen las capas sociales que quedan excluidas del empleo, se

entienden prácticas corporativistas que extienden la precariedad, los bajos salarios y el ajuste constante y a la baja de las condiciones laborales. Estas iniciativas restablecen las relaciones económicas, concentran el capital, reconfiguran los territorios e influyen en unos marcos regulatorios que hacen prevalecer los intereses empresariales a los derechos laborales y sociales a través de la rebaja de los requisitos laborales y ambientales de la regulación nacional de los países.

Graves impactos y diversos, en lo ecológico, político, social, económico o territorial, negativos en todos los casos sí permiten el enriquecimiento empresarial, aunque sea a costa de la apropiación de recursos públicos, naturales, incluso humanos. Son terrenos en disputa donde se sitúan los incentivos de las grandes corporaciones transnacionales frente a las resistencias populares y la lucha social que requiere disputar los espacios ocupados por el capital. Este capitalismo verde, digital es el relato que prevalece y que acota el debate de las alternativas sin entrar en la mayor, la compatibilidad del capitalismo, de sus lógicas, con la conservación de las condiciones que permiten y sostienen la vida. Pero, hoy por hoy, se mantienen intactas las dinámicas. La lógica económica y la respuesta a los problemas en el *business as usual* no cambia, pero sí la realidad que estas dinámicas van confeccionando en un escenario geopolítico especialmente convulso, que atrae prácticas autoritarias, neofascistas, y auspicia una creciente polarización social, donde las urgencias sociales y ecológicas se acentúan sin encontrar respuesta. De ahí la urgencia de las alternativas, obligándonos a replantear las fronteras del debate, a incidir en las perversiones de mantener intactas las exigencias que caracterizan el capitalismo, a evidenciar la imposibilidad de reformar este sistema para responder a los verdaderos retos de la humanidad y del planeta, y a resituar las bases para una verdadera transformación ecosocial.

3. Véase Fernández, G.; González, E.; Hernández, J. y Ramiro, P. (2022). **Megaproyectos: claves de análisis y resistencia en el capitalismo verde y digital. Observatorio de Multinacionales en América Latina.** Disponible en: https://omal.info/spip.php?article9739

Desarrollo sostenible (por y para el capitalismo)

Vivimos en un mundo capitalista e hiperconsumista, en el que los principales sectores políticos y económicos tienen muy claro el discurso sobre la sostenibilidad y el cambio climático pero no permiten ningún cambio que ponga en juego sus intereses. Nos reunimos con el divulgador y activista medioambiental Andreu Escrivà para desmantelar los mitos y leyendas que nos han vendido respecto a la crisis climática y conocer algunas recetas para combatirlos.

Entrevista de PABLO G.POLITE a ANDREU ESCRIVÀ

PP

J. G. Ballard, en su novela «*El mundo sumergido*» de 1962, considerada hoy la primera gran obra profética en el género de la ficción climática, imaginó glaciares derritiéndose, Londres sumergida bajo marismas tropicales y poblaciones huyendo del calor en dirección a los últimos reductos polares. ¿Podemos acabar así?

AE

Sí, hoy ya se están produciendo migraciones climáticas mucho más drásticas que ninguna migración que hayamos podido contemplar en la historia humana. Según algunos estudios recientes, hasta el 30% o incluso más de lo que sería el nicho de habitabilidad humana, es decir, aquellos espacios de la Tierra donde los humanos pueden vivir y desarrollarse, podría quedar eliminado por culpa del calor, la subida del nivel del mar u otros fenómenos extremos. De hecho, ya estamos viendo desplazamientos de millones de personas cada año por causas climáticas. Pero esto se puede incrementar hasta el punto de que tratemos de buscar refugio en latitudes más altas para no estar expuestos a un calor asfixiante que nos impida vivir.

PP

En tu ensayo *Contra la sostenibilidad,* desmontas los lugares comunes del capitalismo verde y aportas reflexiones que hacen mucho más que cuestionarlos. Sin embargo, frente al tono divulgativo de tu anterior libro, *Y ahora yo qué hago. Cómo evitar la culpa climática y pasar a la acción,* aquí no dejas títere con cabeza en lo que se refiere a los términos que utiliza el capitalismo verde para expandirse. ¿Te estás radicalizando?

AE

Sí, yo creo que un poco sí. La mayor parte de las personas que nos dedicamos a la crisis ambiental climática desde todas las vertientes, desde la comunicación, desde la ciencia, desde la técnica o desde las instituciones, nos vamos radicalizando conforme pasan los años, sobre todo porque vemos que la acción es más urgente. Así que sí me estoy radicalizando y además creo que es un sentimiento compartido. Somos muchos y muchas los que vamos elevando el tono progresivamente y nos vamos dando cuenta de que no es suficiente con lo que estamos haciendo y que necesitamos no solo construir un futuro distinto, sino desmontar aquellos obs-

táculos que nos mantienen anclados en un presente completamente insostenible como el actual.

PP

Gas renovable, carbón limpio, coches eléctricos, movilidad sostenible... ¿Nos han colado un gol con esto de la sostenibilidad o el *greenwashing*?

AE

Sí, completamente. Al final es una sostenibilidad gatopardiana, que todo cambie para que nada cambie, y esto con el objetivo fundamental de sostener el propio sistema. Es decir, al final la sostenibilidad hace honor a su nombre apuntalando un sistema, el capitalismo actual, que es cada vez más voraz y está cada vez más desatado y que es inherentemente insostenible. Ese desarrollo sostenible que nos habían vendido como esa transformación de la sociedad, del sistema productivo, de la forma de organizarnos, no está transformando nada, sino que estamos desesperadamente buscando vías para hacer lo mismo que estábamos haciendo, pero de una forma verde. Y eso no es posible porque el problema no está en hacerlo o no más verde. El problema está en la estructura, en los cimientos, en la base. La forma en que nos hemos organizado los seres humanos y el nivel de consumo que tenemos no es prolongable en el tiempo bajo ninguna forma, bajo ninguna etiqueta de sostenibilidad, y no hay solución técnica mágica que vaya a permitir esto, llámense coches eléctricos o energías renovables. Que el futuro es renovable, por supuesto. Que el coche del futuro es eléctrico, por supuesto. Que vamos a tener que seguir reciclando y aumentando el reciclaje, por supuesto. Pero el futuro del consumo no es el reciclaje. El futuro de la movilidad no es el coche eléctrico. Y el futuro de la energía no es únicamente producir mucha más energía renovable, sino pararnos un momento y decir «oye, necesitamos tanta energía, ¿por qué no disminuimos un poco nuestra dimensión energética?». La sostenibilidad, en definitiva, se ha convertido en un producto de marketing, en una especie de reclamo verde, en un sello o marchamo para vender ciertas cosas. Y con solo un objetivo: hacernos sentir bien.

PP

En la práctica, podemos confirmar que la apuesta por el capitalismo verde y las aplicaciones que se suceden en torno a él, no solo no reducen el consumo de energía y materiales, sino que lo aumentan expo-

AE

Exacto. La eficiencia energética ha mejorado en muchos campos. La eficiencia o la productividad agrícola han mejorado también, al igual que la eficiencia hídrica. Pero usamos mucha más energía, mucha más agua, mucho más suelo para producir muchísimo más, porque se han multiplicado no solo las personas, que no es lo más importante en todo esto, sino sobre todo el consumo.

PP

En tu último libro, comentas que la «neutralidad climática hace aguas por todas partes». ¿A qué te refieres exactamente?

AE

A que es un concepto que ha hecho fortuna porque suena muy bien pero que es una trampa en sí mismo y tiene dos fallos a efectos prácticos. El primero es que se habla de neutralidad climática a 10, 20, 30, 40 años vista, con lo cual hay empresas que tienen planes en los cuales se comprometen a disminuir las emisiones o a ser neutrales a partir de 2050. De nada me vale que tú me digas que en 40 años vas a disminuir las emisiones si ahora las aumentas. Este es uno de los problemas fundamentales. Y el otro es que la neutralidad climática parte de un conocimiento muy pobre en lo que se refiere a la compensación de carbono de la realidad ecosistémica. Por ejemplo, se plantan árboles porque sí, es decir, plantamos árboles sin tener en consideración ni los ecosistemas donde se van a plantar, ni las comunidades indígenas que están allí viviendo. Muchas de las reforestaciones que se producen en el marco conceptual de la neutralidad climática, acaban siendo más perjudiciales que beneficiosas. La base metodológica de esa compensación de carbono, cuando tiene que ver con reforestación o con restauración ecosistémica, es muy endeble, afecta negativamente a la gente que vive en esos sitios y puede acabar provocando más problemas y más emisiones que compensaciones.

PP

Con unas pruebas de causalidad bastante consistentes, el científico y economista estadounidense que dirige el Laboratorio de Políticas Globales, Solomon M. Hsiang, concluyó que un siglo XXI con temperaturas más altas acarreará todo tipo de enfrentamientos. ¿Estás de acuerdo?

AE

Lamentablemente, estoy de acuerdo. Como no soy analista geopolítico ni experto en política internaci-

onal me cuido mucho de hacer profecías de ningún tipo o análisis demasiado sesudos, pero partiendo de la base de que los recursos naturales han sido siempre una fuente de conflicto entre países y de que numerosos estudios indican que muchas zonas del mundo van a quedar inhabitables, los enfrentamientos estarán garantizados. Va a haber desplazamientos de personas, va a haber escasez de recursos, en particular del agua, que tendrá implicaciones en cosechas. No quiero dejar de mencionar aquí el genocidio de Gaza que está teniendo lugar ahora. Parte del motivo por el que se está exterminando a la población palestina tiene que ver con la apropiación de recursos de la Franja de Gaza. Y pasa lo mismo en la guerra entre Rusia y Ucrania. Y en otros muchos conflictos silenciados que apenas trascienden los medios. Pero en fin, que los recursos disminuyan cada vez más en un entorno de mayor inestabilidad, no predice nada bueno.

PP

También el Pentágono se refiere al cambio climático como un «multiplicador de amenazas». ¿Mal tiempo igual a conflicto?

AE

Lo que hace el cambio climático es tensionar al máximo algunas cuestiones fundamentales de uso de recursos que nos pueden llevar a conflictos: seguridad alimentaria, alimentación, calor extremo, pesca... Y yo ahí sí que creo que no estamos teniendo la inteligencia colectiva suficiente para ver que incluso desde un punto de vista egoísta, aunque algunos no se crean lo del cambio climático o crean que no es tan grave, valdría la pena luchar contra él y ser mucho más contundente en las medidas de mitigación y adaptación, porque eso es lo que va a revertir en un mundo más estable, más seguro y más habitable. Más que una causa primaria y única de conflictos, el cambio climático lo que hace es acrecentarlos muchísimo.

PP

En ese sentido, ¿puede ser el cambio climático el acelerador de nuestro siglo, que precipite las contradicciones del capitalismo tardío y acelere las catástrofes locales una tras otra?

AE

No me gusta ser tan apocalíptico pero sí, yo creo que sí. Puede ser el iniciador, digamos, de una especie de carambola muy, muy poco halagüeña sobre nuestro siglo. El cambio climático va a provocar un montón de problemas, desde enfermedades a nivel del mar, a

A pie de calle, Olalla Gómez Valdericeda

pérdidas millonarias en las ciudades costeras, a una caída en cascada de empresas de seguros que ya están intentando ver cómo se lo van a montar para no pagar los desastres climáticos. Sí, puede ser el desestabilizador. Al final, el cambio climático lo que hace es disminuir los recursos disponibles para la humanidad. Vivimos en un mundo en el que de momento cada año vamos a ser más personas, un mundo que está tenso, un mundo que va a tener menos recursos y un mundo con potencias emergentes que van a reclamar su lugar y con potencias en descomposición como Estados Unidos. Creo que es un escenario que va a requerir unas ingentes dosis de inteligencia colectiva y de capacidad de entender el momento de la situación como para no llegar a esta acumulación de conflictos.

PP

¿Puede el movimiento climático crecer de manera considerable, conseguir el apoyo de las fuerzas progresistas colindantes y desarrollar una estrategia viable para la toma del Estado en un espacio de tiempo tan limitado?

AE:

Yo creo que sí. Creo que hay que tener esperanza, porque, si no, apaga y vámonos. Eso no significa no ser realistas, hay que saber dónde estamos, cuál es la correlación de fuerzas, a qué podemos aspirar y qué podemos cambiar. Pero si algo me ha demostrado llevar tantos años hablando de cambio climático, es que podemos cambiar mucho más rápido de lo que pensamos. Igual que el cambio climático se acelera y tiene puntos de inflexión y no es lineal en muchas cosas porque es exponencial, también la sociedad puede serlo. Eso sí, tenemos que apretar las teclas que toca a nivel de comunicación, a nivel político, a nivel científico, a nivel social, a nivel comunitario, porque la base para actuar está ahí y todas las encuestas demuestran que tenemos una subestimación de la voluntad de nuestros conciudadanos para actuar por el cambio climático. Sistemáticamente pensamos que el resto de la gente no quiere hacer nada cuando en realidad el 70% quiere hacer y mucho. Estaría dispuesta hasta a dar un 1% de sus ganancias anuales para luchar contra el cambio climático. Con lo cual el gran impedimento que tenemos ahora mismo es que pensamos que el futuro está escrito. Pensamos que la derrota es segura, Pensamos que somos una especie de vengadores solitarios del clima, cuando en realidad lo que no estamos viendo es que hay una enorme mayoría de momento silenciosa que comparte nuestros objetivos y a la que tenemos que saber despertar, activar y sobre todo, ilusionar en construir otro futuro.

PP

En un contexto así, ¿cómo activar las conciencias?

AE

Pues yo te diría que aquí no hay una solución única. No vamos a activar igual a la gente de 18 que a la gente de 50 o la de 80. Y todos y todas nos hacen falta. Tenemos que dejar de pensar que hay una sola forma de comunicar el cambio climático. No, señores, esto no va de revelar la verdad y que la gente se ilumine y actúe en consecuencia. Va de empatizar, de comprender, de entender cuál es el problema, los miedos, las esperanzas de estas personas con respecto al cambio climático y saber comunicarlo de forma que les llegue. Además, tenemos que saber mostrar el camino de la victoria, del éxito o de la esperanza. El gran problema es que nos imaginamos que la lucha tiene que ir ligada a un cambio total y radical del sistema. Porque al final el diagnóstico es que el sistema es el capital obsceno. Y entonces lo que hay que mostrar es que hay pequeñas utopías posibles, hay cambios posibles, hay victorias posibles, victorias en lo personal, en lo comunitario, en lo laboral, en lo político, en lo científico, en lo cultural. Hay victorias en muchas partes.

PP

¿Falta una cierta presión social en este ámbito, una mayor movilización?

AE

No del todo. Tenemos que saber valorar esas victorias que hemos conseguido e inspirarnos, ver que es posible y que sí, que igual no llegaremos nunca a esa utopía fantástica de que con un chasquido de dedos cambiemos el sistema y de pronto la insostenibilidad desaparezca y haya paz en el mundo y todos luchemos contra la emergencia climática de forma coordinada y sostenida, pero sí que podemos ir mejorando lo que tenemos más cercano y a partir de ahí ir construyendo de abajo hacia arriba, ir construyendo, apoyándonos, teniendo una base sólida en lo comunitario, uniéndonos con otras personas. Nunca vamos a cambiar nada ni nos vamos a esperanzar si estamos solos y solas. Necesitamos hacerlo con otras personas, sea en la familia, en el trabajo, con los amigos, en la asociación de vecinos, donde sea. Porque si pensamos que esto es una una película de Hollywood en la cual somos un superhéroe y tenemos que cambiar la realidad nosotros solos, vamos a fracasar, nos vamos a deprimir y nos va a comer la ansiedad. Esto hay que hacerlo siempre con otras personas, desde la óptica de tejer relaciones, porque va a ser lo que nos permita mejorar y crecer en la lucha climática. Hacer las cosas de forma atomizada como quiere el capitalismo neoliberal, lo único que hace es desanimarnos y convencernos de que no hay alternativa.

Extracción de pretroleo en el desierto, 123RF FREE

PP
Al final, ¿la conclusión es que el actual sistema económico es insostenible y la única manera de reducir las emisiones y evitar los peores impactos de la crisis climática es cambiar de modelo?

AE
Tal cual.

Banderas negras, Daniel De La Barra, 2021. Cortesías: Centre d'Art Lo Pati, Galeria Joan Prats.

Algunos antídotos contra el greenwashing

Las empresas se han dado cuenta de que sí, nos importa el planeta. Queremos ser consumidoras justas y preferimos productos sostenibles. Sabemos que la producción desmesurada está consumiendo los recursos a una velocidad sin precedentes. La temperatura global promedio en la Tierra ha aumentado aproximadamente 1.2 grados Celsius desde finales del siglo XIX; aproximadamente 1 millón de especies de plantas y animales están en peligro de extinción debido a actividades humanas y se estima que la tasa de extinción de especies es actualmente de entre 100 y 1,000 veces mayor que el ritmo natural; la contaminación del aire es responsable de aproximadamente 7 millones de muertes prematuras cada año en todo el mundo; se estima que cada año se pierden alrededor de 10 millones de hectáreas de bosques en todo el mundo, lo que equivale aproximadamente al tamaño de Islandia; la deforestación es responsable de aproximadamente el 10% de las emisiones globales de gases de efecto invernadero.

GISELA CHILLIDA

CRÍTICA DE ARTE, COMISARIA INDEPENDIENTE Y GESTORA CULTURAL

El mundo se agota y es nuestra responsabilidad. Ante una crisis ecológica innegable, somos cada vez más conscientes de que no todo vale a la hora de consumir. Hemos tomado conciencia ecológica y sabemos que es solo cuestión de tiempo de que los daños sean irreversibles. Si seguimos así solamente nos quedará entonar un réquiem. La eco-ansiedad responde a esa culpa e impotencia al contemplar el alcance de la crisis medioambiental. Por eso, las grandes empresas y corporaciones desde un tiempo a esta parte han puesto grandes esfuerzos en limpiar su imagen. Quieren hacernos creer que el medioambiente les preocupa tanto como a nosotras, que producen conscientemente, que sus productos son la mejor opción para salvar el planeta. Pero todo eso no es más que una perversa estrategia de marketing que nada tiene de verdad. Campañas publicitarias perversas y deliberadamente engañosas con el único fin de vender y seguir enriqueciéndose. *Greenwashing* de manual. Su supuesta sostenibilidad es un embuste. No hay, ni pretenden que haya, una transformación real en sus prácticas empresariales. Sus campañas únicamente buscan contrarrestar las opiniones negativas y hacernos creer que sus productos son respetuosos con el medioambiente. Las empresas nos manipulan, se aprovechan de la conciencia ecológica de las consumidoras para vendernos productos supuestamente *eco-friendly* con

Campaña verde de Coca-Cola

el único objetivo de seguir vendiendo, de seguir ganando a costa de destruir el planeta. Creemos que aquello que estamos adquiriendo es respetuoso con el medioambiente y nos quedamos tranquilas. Nos estafan, y con ello, nos alejan un poco más de la posibilidad de ir hacia un mundo más sostenible. Al aprovecharse de nuestra consciencia

ecológica y confundirnos con reclamos que no se ajustan a la realidad, dificultan nuestras elecciones y desactivan los cambios que deseamos.

Las empresas que más mienten son también aquellas que más contaminan, grandes corporaciones que pueden invertir millones en publicidad y otras estrategias de marketing destinadas a hacernos creer lo que ellos quieran. Sacan toda una artillería destinada a despistarnos: etiquetan sus productos como «bio», «natural» o «casero» para hacernos creer que son más sanos y menos procesados; utilizan empaques engañosos —«con menos plástico», «ahora en envase de cartón»— para darnos la impresión de que son menos contaminantes de lo que en realidad son; promueven campañas sobre su bajo impacto ambiental sin proporcionar evidencias que respalden esas afirmaciones... Ante un producto o un servicio que se autoproclama como «verde», sospechemos, pues seguramente sea solamente *greenwashing*. El problema es el sistema y la única solución es la desaceleración, comprar menos, gastar menos, viajar menos. El capitalismo sostenible es un oxímoron. Por eso, hay que señalar a las empresas que ocultan sus impactos ambientales. Nos va la vida en ello.

Obsolescencia programada

Como apuntan las artistas Llapispanc y Joana Moll, las empresas de tecnología son responsables directos de la crisis climática al promover el consumismo desmesurado. De aquí que pongan grandes esfuerzos en convencernos de que no son los monstruos que parecen. «La sostenibilidad ha sido mi pasión durante mucho tiempo», así empieza un spot de Amazon lanzado en mayo del 2021 para dar a conocer sus proyectos con energías renovables. Imágenes de cielos, de campos y de placas solares se encadenan para convencernos de que la compañía de Jeff Bezos se preocupa por el medioambiente. Otro ejemplo de *greenwashing* de la misma, ha sido la activación de una campaña de mecenazgo contra el cambio climático a través de «Bezos Earth Fund». Comprar a través de un «clic» conlleva siempre un enorme consumo energético y contribuye al calentamiento global. Por mucho que lo llamemos «la nube», los servidores siguen demandando una gran cantidad de energía. En una pieza de 2016, la artista Joana Moll ya nos advertía de que internet también contamina. *Defooooooooooooooooooooorest* muestra la cantidad de árboles necesarios para absorber la cantidad de CO2 generada por las visitas globales a google.com cada segundo. *The Hidden Life of an Amazon User* (2019) de la misma artista permite a las usuarias rastrear la cantidad de energía gastada al navegar por la página oficial de Amazon. Para comprar un único libro, el sitio web de Amazon obliga al cliente a pasar por doce interfaces diferentes compuestas por grandes cantidades de código —invisible e indescifrable para el usuario— que realizan todo tipo de operaciones, como organizar y estilizar el contenido del sitio, permitir la interactividad y registrar la actividad del usuario. La cantidad de energía necesaria para cargar cada una de las doce interfaces web, junto con los interminables fragmentos de código de cada una, es de aproximadamente 30 wh. Moll señala cómo las estrategias comerciales de las llamadas empresas de internet, aparentemen-

te neutras pero sofisticadamente personalizadas, tienen un importante coste energético.

Cuando la empresa de telefonía ORANGE lanzó la tecnología 5G, estrenó un anuncio en el que, tras un naufragio, un niño le pide a su padre que no lance un mensaje al mar en una botella de plástico. ¿Quiere decir eso que es esta una tecnología amigable con el medioambiente? Absolutamente no. El 5G ha favorecido la proliferación de dispositivos electrónicos conectados a la red gracias a que permite una mayor velocidad en el tráfico de datos. Es lo que conocemos como «Internet de las cosas». El uso de un mayor número de dispositivos ha aumentado considerablemente el consumo total de energía en las redes de telecomunicaciones. Además, su producción requiere de minerales y metales cuya extracción provoca conflictos geopolíticos y grandes impactos ambientales. YOIGO, en una de sus campañas, «Cosas que cambian las cosas», anunciaba facilidades de financiación a los clientes que quisieran cambiar de móvil. El crédito fácil, sumado a la obsolescencia programada y a la obsolescencia inducida, fomenta el consumo acelerado y la proliferación desmesurada de desechos. Llapispanc, ens sus *Exvotos al exceso* (2021-2022) acumula gran cantidad de aparatos eléctricos y electrónicos en desuso —pantallas de televisión, ratones, teclados, impresoras, monitores, reproductores de DVD...— para recordarnos que todo aquellos que desechamos no desaparece sino que genera una enorme cantidad de «basura electrónica» altamente tóxica y contaminante que termina en vertederos de los países menos favorecidos. Se calcula que cada año generamos de media más de 7 kilos de residuos electrónicos y que solamente el 17,4% fue reciclado adecuadamente.

Comer hasta explotar

A pesar de sus esfuerzos por mejorar su imagen ambiental, como la implementación de programas de reciclaje y la reducción de emisiones, McDonald's ha sido acusada de greenwashing debido a su alto consumo de recursos naturales, la deforestación asociada con la producción de carne y su contribución al problema de los desechos plásticos. «El pedido más esperado» fue una campaña quea través de distintos spots y una web pretendía poner en valor el trabajo y tiempo requerido para la obtención de los principales ingredientes de sus hamburguesas bajo el tendencioso lema #ReconozcamosAlCampoEspañol. Nada más lejos de la realidad. Su modelo de negocio es uno de los principales responsables de la precarización del sector primario. En un verdadero ejercicio por poner en valor el trabajo de los campesinos, Asunción Molinos Gordo toma prestado el lenguaje y los formalismos de la academia para redactar un currículum para una pareja de campesinos de León. La propuesta consiste en un texto escrito al estilo de un currículum vitae de un académico o profesional que trabaja para una agencia de desarrollo internacional, una ONG, la ONU o algún otro organismo intergubernamental, pero lo que aquí se detalla aquí son las tareas y el trabajo de campesinos y pequeños agricultores.

Por mucho que McDonald's intente labar su imagen, proliferan las notícias que muestran su verdadero modus operandi: productos nada saludables, explotación laboral, maltrato animal o complicidad con el genocidio de Gaza. En *Just for 4.25€* (2028) Natalia Carminati señala la insostenibilidad de los procesos de industrialización de las empresas que dominan el mercado de la comida rápida. El proyecto nace de una acción colectiva propuesta a la comunidad de Fabra i Coats y diferentes entidades vecinales de Sant Andreu con el fin de recoger todas las botellas de agua vacías que se consumieron diariamente durante un mes. A lo largo de septiembre de 2018, se recolectaron cientos de botellas de todos los tamaños. El volumen total de agua embotellada consumida ascendió a 1500 litros de agua, mil litros menos que los que son necesarios para producir una hamburguesa de 250gr de carne. De esta manera, la acción colectiva nos permite dimensionar la explotación masiva y constante del agua que nunca volverá a su territorio ni será compensada económicamente. Esta acción se materializa en una instalación final que cuestiona el alarmante vacío de las políticas de sostenibilidad y la necesidad de meditar sobre cómo entendemos los recursos naturales, así como identificar cómo nos relacionamos y convivimos con la naturaleza a través de nuestras decisiones de la vida cotidiana.

Con la campaña «Fecha de extinción. Las cosas que amamos nunca deberían desaparecer», la cadena de distribución ALDI quiso que creyéramos en su compromiso ambiental, anunciando que una gran parte de sus productos tienen origen nacional y que han reducido sus emisiones, el uso de plástico y el desperdicio alimentario. A parte de que no apor-

tan más pruebas que su palabra, el modelo de distribución de las grandes cadenas de supermercados promueve la concentración de la riqueza mientras daña el pequeño comercio local, elimina empleos y afecta negativamente al sector primario y las zonas rurales, contribuyendo a su abandono. Además, tiene graves consecuencias ambientales debido al aumento en el uso de envases, la generación de desperdicio alimentario, el transporte prolongado de productos, la dependencia del automóvil para llegar a los hipermercados periféricos y el aumento de los envíos a domicilio. La demanda insostenible de productos conlleva a la destrucción de hábitats naturales, lo que resulta en la pérdida de biodiversidad. La artista y ambientóloga Paula Bruna pone en el centro a los otros residentes de este planeta con los que convivimos. *Plantoceno* es una investigación artística acerca de la confrontación entre el reino vegetal y la sociedad humana, poniendo en cuestión la hegemonía de nuestra especie a través de imágenes que evocan un escenario para o post-humano. El título del proyecto surge como alternativa al Antropoceno, una época geológica definida por el impacto humano en el planeta. Así, *Plantoceno* explora los conflictos actuales desde un punto de vista en el que el ser humano deja de estar en el centro. De modo similar, Boscanes, presentado en el Festival Art i Gavarres 2022 tiene como protagonistas a los animales de un bosque cerrado difícilmente accesible para los humanos. Unas impresiones semitransparentes colocadas se fusionan con el entorno forestal y dan visibilidad a los habitantes del bosque. La propuesta conllevó también un vínculo empático con la fauna al transformar el pozo seco en balsa.

Nestlé, una de las corporaciones más grandes del mundo en la industria alimentaria y de bebidas, ha sido demandada por greenwashing en múltiples ocasiones. A pesar de sus esfuerzos por presentarse como una compañía preocupada por el medioambiente, «La botella eco-forma con un 15% menos de plástico», continúa participando en prácticas insostenibles. La obtención de materias primas como aceite de palma y cacao por parte de Nestlé ha sido vinculada con prácticas insostenibles que contribuyen a la deforestación en África Occidental. Esta deforestación no solo afecta a los ecosistemas locales y la biodiversidad, sino que también puede perjudicar a las comunidades indígenas y locales que dependen de los bosques para su subsistencia.

El proyecto *Esto no es un paisaje* de Daniel de la Barra, presentado en Homesession (2021) denunciaba cómo el comercio alimenticio global se basa en el extractivismo agrícola y la explotación neocolonial de recursos como el cacao, la quínoa, la caña azucarera y la soja. La instalación central recreaba un comedor burgués, la gran mesa central presentaba a Peter Brabeck-Letmathe, ex Presidente de Nestlé como Pantragruel, epítome del hambre insaciable que todo lo devora.

Fast fashion, fast waste

La cadena de moda H&M ha sido también criticada por *greenwashing* debido a su promoción de líneas de ropa «eco-friendly» como su Conscious Collection y programas de reciclaje de ropa, a pesar de que sus prácticas *fast fashion* contribuyen significativamente a los problemas ambientales de la industria de la moda. Inditex ha lanzado también iniciativas de sostenibilidad y ha publicitado su compromiso con la reducción del impacto ambiental. Aún así, sigue explotando masivamente recursos naturales en su producción, además de mantener a sus trabajadoras en régimen de semiesclavitud. Su plataforma *Zara Pre-Owned* busca limpiar la imagen de marca de ropa rápida y presentarla como amigable con el medioambiente al permitir la recogida a domicilio de prendas usadas para ser donada a entidades sin ánimo de lucro, fomentar la venta entre particulares de prendas compradas en Zara o dar acceso a un servicio de remendado de prendas. No hay duda de que el grupo Inditex alimenta la crisis climática con toneladas de ropa que demandan grandes cantidades de agua, productos químicos y energía. El fast fashion acelera la crisis climática al promover la producción y el consumo exacerbados, el uso desenfrenado de recursos naturales y la generación ilimitada de residuos. Siguiendo un modelo opuesto, la artista y diseñadora Loana Flores transforma residuos orgánicos y desperdicios de alimentos en materiales valiosos, reemplazando plásticos de un solo uso. Su enfoque se centra en la práctica textil verdaderamente sostenible, donde explora técnicas de reciclaje de fibras, tejido con hilos orgánicos y tintura con pigmentos naturales. Diseñar a partir de materiales reciclados supone un acercamiento táctico que muestra el potencial de la moda como forma de expresión política y personal.

Encuentros en la tercera zona

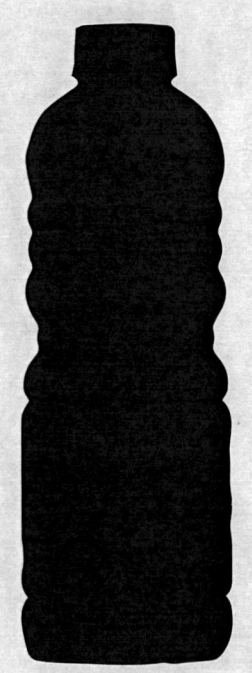

RAMÓN DEL CASTILLO

ESCRITOR Y CATEDRÁTICO DE FILOSOFÍA (UNED)

Gorilas huérfanos

La historia de los orfanatos de gorilas del parque de Virunga, en Congo, era conocida, pero cobró otra dimensión en abril de 2019 con aquel selfi de dos guardias del parque y dos gorilas que por entonces tenían 12 años: Ndeze y Ndakasi. Richard Bauma cuidó durante años a cuatro gorilas en el Centro Senkewe de Rumangabo (sector sur de Virunga): Maisha, que fue rescatada en 2006 de los furtivos cuando tenía tres años, Kakobo, el único macho (que había perdido una mano), Ndeze y Ndakasi, las estrellas del selfi, que eran dos supervivientes de la masacre del 22 julio de 2007, cuando una familia de gorilas (liderada por el Senkewe, hijo de Rugendo) fue asesinada por el Señor de la guerra Laurent Nkunda. Después de aquella tragedia: ¿Para qué seguir protegiendo el parque? Para devolver algún día a los huérfanos a la selva —decía Bauma en el documental *Virunga* (2014)—. Ninguno volvió a las montañas. Los gorilas rescatados pasaron mucho tiempo con sus cuidadores (Ndakasi fue rescatada con 2 meses) y se convirtieron en animales que ya no eran salvajes, aunque tampoco fueron domesticados. El vínculo afectivo con sus cuidadores fue intenso (Bauma se autocalifica de padre y madre de los animales) aunque no fue fácil tratar con ellos. Maisha era más juguetona, pero Kaboko era más nervioso. La negociación entre cuidadores y gorilas era continua: «no puedes obligarles a hacer cosas, son muy tercos, y puedes llegar a tener problemas» —confesaba Bauma—. Parece ser que una solución fueron los *Pringles*: a los huérfanos les encantaban y Bauma los usó como regalo para ganarse su confianza. Los gorilas habituados a sus cuidadores no trataban fácilmente con cualquier humano que se acercara a ellos. Sus congéneres de la selva también recibían visitas, pero su habituación era más lenta: un turista no debía tocar ni mirar fijamente a los ojos a un gorila del bosque (aunque los gorilas pueden llegar a tocar a los humanos.) Los huérfanos se dejaban abrazar y transportar, y miraban mucho más a los ojos, pero no se convirtieron en animales de compañía. Sobrevivieron en una zona intermedia, en una red de relaciones que vinculaba a la vez a humanos y animales. Y nunca fueron devueltos a la Naturaleza. Kaboko murió en el orfanato en 2014 (la ofensiva del M23 en la zona impidió que un veterinario le atendiera). Ndeze también acabó sus días en el refugio y Ndakasi, que tenía mala salud, murió en brazos de Bauma. La foto de los dos abrazados fue viral y dio la vuelta al mundo.[1]

Evasiones y refugios

Los santuarios de animales —dice Sarat Colling en *Insurrección animal*— subrayan la individualidad de sus miembros, como en el centro de gorilas de Virunga, pero en otros refugios animales se mezclan diferentes tipos de animales y surge lo que Colling llama «comunidad interespecie».[2] En muchos refugios —dice también—, los animales no «abandonan su tendencia a oponer resistencia». A veces se oponen al confinamiento, y a veces lo aceptan, pero no en el lugar que se les asigna, y se reapropian de otros espacios alternativos donde se sienten mejor.[3] También se cuelan en sus espacios de otros animales y conviven con ellos. Y, por supuesto, hay animales que buscan más insistentemente la compañía de sus cuidadores y pasan más tiempo cerca de ellos (por ejemplo, en los jardines de sus casas) o incluso se cuelan dentro de sus estancias cuando nadie los ve.[4] En algunos santuarios, por lo demás, también se cuelan animales no censados, o sea, fugitivos. La renaturalización de animales se idealiza a menudo, pero no es nada fácil y requiere supervisión humana. ¿Qué sabemos de aquella chimpancé, Wounda, que Jane Goodall devolvió a la selva después de un abrazo conmovedor? El video fue viral, dio la vuelta al mundo, pero ¿a qué mundo vuelven realmente los animales?

Sarat Colling también cuenta un montón de historias sobre animales que se fugan de circos, zoos, reservas, laboratorios, refugios, establos, mataderos, granjas, cotos, mercados. Vacas y cerdos que huyen nadando, babuinos que se evaden, gallinas que se escapan. Los animales saltan barreras físicas, y geográficas. Sería fácil decir que pasan de la ciudad al campo, o de la civilización a la Naturaleza. Es más complejo, porque cuando salen «afuera» se encuentran una naturaleza mezclada, parcelada, industrializada, cortada por carreteras, llena de obs-

1. Sobre la historia Virunga hay muchísima y muy distinta información. En 2014, el documental *Virunga* dio publicidad a la compleja situación de los protectores del parque, a los asesinatos de guardias forestales, a los campos con miles de refugiados de guerra tras la ofensiva del M23 y a la presión a pescadores del lago Edward. Con todo, trae cuenta consultar el informe del mismo año «Drillers in the Mist» en la página web de *Global Witness*. Para seguir el complejo proceso entre SOCO, el gobierno de Congo y la comunidad internacional consúltense también en la misma web: «Chronology of Virunga» y «Soco in Virunga».

2. *Insurrección animal*, Errata Naturae, 2024, p. 236, véase también p. 243.

3. Véanse en *Ibid*, p, 249, casos de rescatados desobedientes.

4. *Ibid.*, p. 250, nota 389.

táculos y barreras, contaminada y deforestada.[5] El campo ya no es lo que era, y hay animales que regresan a sus zonas de confinamiento al descubrir que no hay lugar seguro donde ir.[6] El exceso de fertilizantes y vertidos está convirtiendo en terrenos hipóxicos «zonas muertas» nada saludables para animales.[7] En ocasiones, los animales fugados se mezclan con otros animales (vacas con bisontes, por ejemplo) y pueden llegar a cruzarse, generando nuevas «especies». Colling señala que, para mucha gente, los animales fugados son vistos «como una amenaza para la pureza de sus homólogos libres y las poblaciones salvajes».[8] Los avestruces de Sudáfrica están mal vistos porque son resultado de mezclas provocadas por fugas de granjas. A los animales que transgreden límites entre el mundo domesticado y el salvaje «se los percibe como peligrosos, y los que oscilan en un espacio liminal resultan inquietantes».[9] Las nuevas tecnologías —señala también— contribuyen a que se capture más fácilmente a fugados y sean devueltos más rápidamente a su lugar. Ahora son populares las noticias sobre jabalíes que se cuelan en las ciudades, pero los cerdos siempre han sido protagonistas de grandes historias: cuando se escapan de granjas parece que se asilvestran en poco tiempo, les crece pelaje duro y los colmillos, pero ¿llegan a ser jabalíes?[10]

Fricciones

En su fascinante libro *Fricción* (escrito hace casi veinte años, en 2005) la antropóloga Anna Lowenhaupt Tsing llamó la atención sobre los cerdos de las montañas Meratus, en Borneo, que no vivían dentro de un cercado, sino que campaban a sus anchas en una artiga que se estaba reconvirtiendo en bosque y en las que brotaban boniatos, yuca, plátanos, caña de azúcar, berenjenas, hierba tierna y maleza. Esas zonas les resultaban mucho más apetecibles que la selva «más extensa, más grande y con sotobosque más disperso». Así que cuando los aldeanos[11] necesitan a un cerdo, van a esas antiguas artigas, donde, eso sí, también se pueden encontrar a cerdos barbudos salvajes que también encuentran atractivas esas zonas. «La gente dice que los cerdos se cruzan, y no tengo claro cuáles son las diferencias biológicas entre los cerdos criados por humanos y los cerdos de bosques de las montañas Meratus. En cualquier caso, la cría de los cerdos implica pasar tiempo cuidando y alimentando cochinillos para que creen vínculos con la gente antes de dejarlos en libertad para que disfruten del sustento. Si se ignora el hecho de que los cerdos acaban convirtiéndose

en comida, la relación no resulta muy diferente de la de las personas con sus pájaros cálao de compañía que han sido alimentados y mimados cuando eran polluelos y que vuelven a visitar a sus antiguos amos cuando vuelan a través de la selva».[12] En su pionero trabajo, Tsing analizó otros ejemplos de semi-domesticación e introdujo el concepto de *laguna* para referirse a una zona de relación entre humanos y no humanos, entre lo domesticado y lo salvaje, un «espectro de interacciones que no están totalmente determinadas entre los humanos y los no humanos».[13] El enfoque de Tsing también fue muy relevante para cuestionar idealizaciones conservacionistas, porque puso de manifiesto el solapamiento y la *fricción* entre muy diferentes agentes: animales, plantas, aldeanos, comunidades, compañías madereras, turistas, agencias protectoras, grupos ecologistas, agencias internacionales. Fricción que a veces se manifiesta como presión, roce o choque violento, pero que también puede transformarse en negociación y colaboración.

Gorilas sin fronteras

En un trabajo sorprendente de 2020 titulado «Gorilla Theory», el crítico y escritor alemán Niklas Maak[14] estudió la situación de los gorilas en otra reserva de gorilas, el famoso parque de Bwindi (Uganda), en el marco de una investigación de Rem Koolhaas para la exposición *Countryside, The Future*, en el Guggenheim de Nueva York.[15] Maak puso de manifiesto importantes paradojas del conservacionismo y reveló muchas *fricciones* entre las políticas conservacionistas, las necesidades de los agricultores, las intervenciones de empresas en busca de minerales y las acciones de organizaciones no gubernamentales en defensa de la naturaleza. Al mostrar la compleja red de encuentros, solapamientos e interacciones entre diferentes agentes humanos y no humanos, la idea de una división tajante entre lo salvaje y lo humano, entre naturaleza y acción humana perdía sentido, e incluso resultaba contraproducente.[16]

Una de las claves para entender este lío es la creciente habituación de los gorilas a los seres humanos, algo que el mundo de la primatología quería evitar, pero que tuvo lugar incluso siguiendo estrictas reglas de distancia (como mantenerse a siete metros de los gorilas). Por un lado, se deseaba que «los gorilas se comportaran como gorilas», pero, por otro, su defensa y protección los transformaba inevitablemente. La idea de «abrir una ventana a su mundo sin influir en él» era una fantasía. Que los gorilas

The Word for World is Forest, Bárbara Sánchez Barroso, 2019

5. *Ibid.*, 193-194. Véase también lo que cuenta sobre el cambio de carácter de los animales fugados.

6. *Ibid.*, p. 193.

7. *Crisis animal. Una nueva teoría crítica*, Alice Crary y Lori Gruen, Cátedra, 2024, p. 23. Las autoras también recuerdan que los bosques de orangutanes de Borneo están siendo diezmados por el avance de plantaciones de aceite de palma (Borneo y Sumatra producen el 86 % del suministro mundial de aceite de palma). Esta presión los empuja a colarse en las aldeas en busca de comida con el riesgo de morir y perder sus crías (en el mercado negro se puede llegar a pagar 20.000 por una).

8. *Ibid.*, p. 192.

9. *Ibid.*, p. 178.

10. *Ibid.*, p. 191.

11. Véase *ibid.*, pp. 298-299 sobre las peculiaridades de los habitantes llamados *orang bukit*, un término con connotaciones peyorativas como «pueblerino», «los primos bobos de la gente civilizada que vive en los valles y en los pueblos» que evitaban el contacto con autoridades estatales, ejércitos y religiones, y que eran despreciados por la antropología.

12. *Fricción. Una etnografía de la conectividad global*, IF Publications, 2021, p. 308. Los cerdos que Tsing observó hace décadas podrían interesar a Anibal Artegui dado que en su excelente trabajo *Infraespecies. Del fin de la naturaleza al futuro salvaje* (Alianza editorial, 2024) estudia cerdos de aldeas Amazónicas y jabalís invadiendo Les Planes y áreas periféricas de Barcelona. En *Infraespecies* Artegui reconoce como antecedente de sus ideas a Tsing, pero solo menciona *La seta del fin del mundo* (2021, orig. de 2017). Véase la interesante bibliografía que aporta sobre etnografía de multispecies y muchos otros temas, así como otro volumen que editó con Juan Martín Dabezies, *Vitalidades: etnografías en los límites de lo humano* (Nola editores, 2022). El libro de Joëlle Zask, *Zoocities. Animales salvajes en la ciudad* (Kalandraka, 2022) cuenta cosas muy interesantes sobre ciudades multispecie y diseño ecológico.

13. *Ibid.*, p. 297. El concepto también tiene un doble sentido, referido a áreas de conocimiento que parecen irrelevantes, marginales o simplemente invisibles para las ciencias sociales (p. 294). Este aspecto lo discuto en otra publicación próxima.

14. Maak también dirige la sección de arte del *Frankfurter Allgemeine Zeitung* y enseña teoría arquitectónica en Harvard.

15. Con «gorilas» nos referimos a grupos de gorilas de Bwindi, pero, sobre todo, a *las* gorilas de Bwindi que empezaron a comportarse de distinta forma a la prevista. Véase cómo Maak explica a la vez el cambio de esas conductas y los cambios de perspectiva en la primatología hecha por científicas.

16. Maak tampoco tuvo en cuenta *Fricción* de Tsing, pero su informe para Koolhaas proporciona materiales que desconocíamos. Véanse sus referencias bibliográficas sobre la historia de la caza de gorilas y la historia de la primatología (o más exactamente de las primatólogas). Menciona los trabajos clásicos de Donna Haraway, claro, pero le habría resultado muy útil la conversación de Haraway con Tsing sobre la historia de las plantaciones: «Reflections on the Plantationocene: A Conversation with Donna Haraway and Anna Tsing», por Gregg Mitman, *Edge Effects*, 18/08/2019.

Pedra i plàstic, Marta R Chust i Roc Domingo Puig, 2022

siguieran siendo gorilas salvajes no sólo era una fantasía científica. También lo era para los turistas que pagaban mucho dinero para visitarlos. Pero ¿qué era exactamente un gorila auténtico para un turista? ¿uno que se parecía a los gorilas de cine? ¿una bestia poderosa y agresiva?[17]

El problema es que nadie contó con la curiosidad de los propios gorilas. Incluso guardando las distancias, muchos gorilas empezaron a acostumbrase y a interesarse por los humanos (el 75% de los de Virunga están acostumbrados a la presencia de investigadores, veterinarios y turistas).[18] Los gorilas de Bwindi esperan cada día a sus visitantes. La habituación es peligrosa —se dijo— no solo porque los visitantes pueden transmitirles enfermedades, sino porque los gorilas modifican su conducta hacia los humanos y pierden el miedo (en realidad, la pregunta buena es: ¿modifica la habituación solo su conducta con los humanos, o también la conducta *entre ellos*?).

Paradójicamente, una política proteccionista dirigida a preservar su condición original alteró esa misma condición. Los gorilas más jóvenes y habitua-

17. Maak también rastrea en su ensayo las fantasías inspiradas por gorilas, desde las viejas leyendas hasta las modernas representaciones cinematográficas (*King Kong, El planeta de los simios, Gorilas en la niebla*).

18. En los parques únicamente se puede visitar a un grupo de gorilas durante una hora al día nada más y solo por ocho turistas. Maak examina muy agudamente todo el protocolo que deben seguir los visitantes, pero también las fantasías y sesgos con los que estos llegan al parque.

dos buscan más contacto con humanos, se acercan a sus espacios (a los albergues donde se alojan fotógrafos), y los tocan más. Nosotros vemos a los gorilas como parientes cercanos, pero ¿empiezan ellos a vernos a nosotros de la misma forma? ¿Cómo habría que calificar a los gorilas habituados? ¿Son un subproducto natural, un sucedáneo de animal? Porque ya no son del todo salvajes, aunque tampoco son una mascota domesticada y siguen buscándose la vida en el bosque. El contacto (por controlado que esté) genera un aprendizaje mutuo y nuevas movilidades. Algunos grupos de gorilas —cuenta Maak— abandonaban la selva, deambulando cada vez más lejos. Visitaban aldeas cercanas y asaltaban algunos cultivos. En ocasiones podían pasar más de la mitad del día fuera del parque, en tierras comunitarias y campos. Los equipos del parque a menudo tenían que empujarlos a volver al parque, donde los turistas esperaban ver verdaderos gorilas en la niebla.

¿Qué se podía hacer para mantener dentro del parque a esos gorilas turistas? ¿Cómo convencerles de que siguieran siendo gorilas (o al menos *actuaran* como tales)? Una alambrada y un muro alrededor de la reserva la habría convertido en un zoo, o incluso en algo parecido a una prisión, así que el equipo de resolución de conflictos propuso una forma de mantener a los gorilas en su sitio. WWW y varias ONGs compraron una franja de tierra entre el parque y los terrenos de cultivo aledaños. Se supone que esta franja colchón, o zona de amortiguación (*buffer zone*)[19] de 360 metros de ancho y 32 kilómetros de largo serviría para volver a separar la selva del campo, y para evitar fugas de gorilas, dado que sembraron en ella plantas desagradables para gorilas. Pero este intento de división, esta intervención de «jardinería maligna», como la llama Maak[20], este intento de corte o línea fija de división no funcionó: por un lado, crecieron plantas no previstas que gustaron mucho a los gorilas (la corteza de eucalipto tiene sodio), así que los gorilas empezaron a hacer picnics en la zona *buffer*. Por el otro, los campesinos de las áreas colindantes extendieron sus cultivos dentro de la franja. Irónicamente, un territorio diseñado como barrera se convirtió en un nuevo espacio de encuentro, en un área de fricción donde se solapan muy diferentes agentes: los gorilas, los trabajadores del parque, los representantes de organizaciones ambientales, los campesinos pobres y, por supuesto, las empresas rusas y chinas que buscan tantalio, procedente del coltán e imprescindible para los teléfonos móviles, los ordenadores, las cámaras y los coches.

La distinción de Maak entre territorio salvaje, territorio humano y zona de fusión, podría recordar la

19. En el mundo ferroviario, el *buffer* —recuerda Maak— es el tope que reduce los daños en caso de choque. En el informático, es la parte de la memoria de un ordenador que almacena información antes de intercambiarla con un disco externo. Maak también asocia el *buffer* con una especie de *Aufhebung*, o sea, a la vez una preservación y una superación («Gorilla Theory», *Countryside. A Report*, OMA + Rem Koolhaas, Taschen, 2020, p. 208).

20. Véanse las irónicas comparaciones que hace Maak para calificar el estilo de este peculiar jardín, así como los comentarios sobre distintos tipos de franjas (el muro de Berlín, la frontera húngara sur, los cortafuegos). A este respecto, tenemos presentes los trabajos de A. Bonnet en *Fuera del mapa* (Blackie Books, 2014) dedicados a tierras de nadie, espacios residuales, franjas sin reclamar, retales geográficos, tierras entre estados, puestos fronterizos (el caso de Guinea y Senegal) y complejos «espacios de excepción» (como instalaciones militares). En el capítulo «Tierras de nadie» de *Islas del abandono* (Capitán Swing, 2021), Cal Flyn cuenta cosas muy interesantes sobre zonas de exclusión y áreas abandonadas como resultado de guerras que se convierten en reservas naturales. También nos gustan las críticas de Phillip Ursprung a las idealizaciones del *terrain vague* en *Brechas y conexiones* (Puente editores, 2016). Hemos consultado el catálogo de 50 «líneas» del *Atlas de las fronteras. Muros, conflictos, migraciones*, de Bruno Tertrais y Delphine Papin (Cátedra, 2018) y los enclaves y exclaves del *Atlas de fronteras exóticas* de Zoan Nikoli (Geoplaneta, 2020). Véase además *Theory of the Border* (Oxford University Press, 2016) de Thomas Nail.

distinción de Tsing entre «primera naturaleza», «segunda naturaleza» y «tercera naturaleza». Recuerden lo que dijo en *La seta del fin del mundo*: «por 'primera naturaleza' entendemos las relaciones ecológicas (incluidas las humanas), mientras que la expresión 'segunda naturaleza' hace referencia a las transformaciones capitalistas del medio ambiente. Este uso —que no se corresponde con versiones más populares de ambas expresiones— proviene de la obra *Nature's Metropolis*, de William Cronnon (1992). Mi perspectiva —decía Tsing— incluye asimismo una 'tercera naturaleza' que alude a la que es capaz de sobrevivir a pesar del capitalismo».[21]

La zona de amortiguación de Bwindi surgió de la fricción entre muchos agentes y, de algún modo, podría representar un modelo de supervivencia «a pesar del capitalismo» (por usar la frase de Tsing). Nosotros no seríamos tan optimistas, pero desde luego Maak maneja un lenguaje esperanzador. La zona de amortiguación —llega a decir— es un espacio de hospitalidad casi utópico, no jerárquico, un territorio neutral, una inesperada zona excedente, un exuberante laberinto que «ofrece una variedad de escenarios». Paradójicamente, el deseo de preservar y estabilizar una situación ha creado una posibilidad de experimentación y cambio, una oportunidad de negociación, un laboratorio para imaginar un futuro de cohabitación, «un modelo para el encuentro y la *coexistencia entre especies*».[22] Puede ser, pero no lo vemos tan claro, y el propio Maak reconoce parte del problema: puede que la población de gorilas aumente en el futuro, pero también lo hace la población humana. Si la presión aumenta ¿sería lícito crear entornos artificiales para los gorilas, un nuevo tipo de espacio entre una reserva natural y un zoo? El cambio climático afecta a todos, humanos y no humanos: las sequías empujan a la población a internarse en reservas en busca de agua. Quizás los habitantes de la zona dejarían la agricultura de subsistencia y sus terribles trabajos para empresas ilegales de minería. ¿Pero tienen otras posibilidades?[23]

21. *La seta del fin del mundo*, Capitán Swing, p. 10.

22. Por si alguien lo están pensando, claro que tengo presente la «zona de contacto» de Donna Haraway en *When Species Meet*, pero la dejo para otra ocasión. Para esta ocasión he consultado otro tipo de trabajos, como *La humanización de un mono. Una autobiografía de la investigación antropológica* de Heike Behrend (Herder, 2014). También me resultó útil lo que Thor Hanson cuenta en *Lagartos huracanados y calamares plásticos. La dura y fascinante biología del cambio climático* (Alianza, 2024) sobre la historia geológica del hábitat de los gorilas, y cómo los periodos secos de hace miles de años redujeron la gran selva tropical a un mosaico de parches residuales separados por praderas de sabanas, y cómo las distintas especies proliferaron en esos refugios de maneras y a ritmos diferentes (los gorilas nunca colonizaron el tramo central de la cuenca del río Congo, y se quedaron separados en dos zonas separadas por más de mil kilómetros).

23. Véanse, en «Gorilla Politics», todas las referencias sobre los gobiernos de Congo y Ruanda y las iniciativas de organizaciones internacionales (entrevista de Maak y Koolhaas de septiembre de 2018 a Johannes Refisch, director de *Great Apes Survival Partnership*). La visión futurista más irónica de Maak es que quizás el calor de las granjas de datos podría aprovecharse para instalar selvas de gorilas en sus áticos, pero no puedo hacer spoilers, porque esto es parte de su novela *Technophoria*, que está a punto de publicarse en España (Vegueta, septiembre de 2024), y que también se disfrutará como serie internacional en 2025). Agradezco este avance de la novela en español a la traductora de Maak, Isabel García Adánez. En otoño de 2024 esperamos reanudar la colaboración tan fructífera que ya iniciamos con el autor a propósito de su *A Server Manifesto. Data Center Architecture and the Future of Democracy* (2022).

El futuro de los gorilas, pues, no es separable del futuro de un mundo humano dividido más que nunca por áreas comerciales y campos de guerra, terrenos entregados a empresas y territorios ocupados por ejércitos.

Famosas Fábulas Factibles (para Fantasear Futuros)

Por supuesto que una reflexión sobre el trabajo de Jordi Colomer podría desplegarse en muchos términos, tantos como las múltiples actividades que hacen posible una ciudad. El hacer ciudad podría ser, de hecho, el paradigma que recorre su obra: una especie de reflexión constante sobre nuestros modos de vida, a la vez que persigue desencadenar un verdadero acontecimiento político durante el proceso de producción de cada proyecto. Con la complicidad de Martí Peran como comisario, el artista presenta en estos momentos la exposición *Façada Foto Festa Futur Fideus* en el Museu d'Art Contemporani de Barcelona (9 de mayo – 24 de septiembre de 2024). Una exposición que recoge casi cuarenta años de su trayectoria y que reproduce, como no podía ser de otra manera, todo un entramado urbano de videos, esculturas, objetos y fotografías que, en su convivencia, generan lugares

DIANA PADRÓN

Façada Foto Festa Futur Fideus nos pilla en un momento de especial pesimismo a nivel político: tanto en el contexto de la ciudad como a escala global. La exposición, sin embargo, anima a abandonar el nihilismo y a explorar el potencial de la imaginación como forma de transformación, ¿de qué manera?

Conversando con

JORDI
COLOMER

Contra el pesimismo cabe estar ocupado, ocuparse en acciones muy concretas, en lugares muy concretos. Se trata simple-mente de darse la opción de inventar las relaciones, con las entre nosotras, con los objetos, con los lugares.

En lugar de apelar a la espera para que se den las ple-nas condiciones, tus referencias políticas defienden la posibilidad de una emancipación que pueda darse ya mismo a través de la autoorganización colectiva. Es el caso del proyecto *L'Avenir* (2011), que toma el tí-tulo de un grabado del socialista utópico Victor Con-sidérant y muestra la construcción de una maqueta del Falansterio de Charles Fourier entre un grupo de personas, si bien, en el fondo, el acto realmente políti-co es el mismo encuentro que se da entre ellos para hacer un arroz, todos juntos, en el Delta del Ebro. De hecho, además de la propia ciudad, los entornos na-turales –o, si lo prefieres, los entornos no propiamen-te urbanos– juegan un papel importante en tus tra-bajos (*En la Pampa*, 2008 / *Prohibido Cantar*, 2012 / *Alphabet X*, 2021-2024,...) ¿podemos pensar esos contextos como espacios potenciales para la imaginación política, espacios donde fundar una nueva forma de sociedad?

Los *falansterios* según los imaginaba Fourier, fue-ra de la ciudad y en contextos naturales propicios, implicaban un decálogo de actividades diarias con horarios precisos que se aplicarían según un reloj universal: recogida de fresas, encuentros pasionales o cuidado de las palomas mensajeras. En *L'Avenir* se trataba de recrear la fundación imaginaria de un *falansterio*. El grupo improvisado de personas que lo encarnaba debía no solo ficcionar, sino también re-lacionarse inspiradas por los principios de organi-zación de un *falansterio*. Por ejemplo, los banque-tes tienen un papel importante en ese imaginario, Fourier los describe apareciendo como en la ópera, por una trampilla superior y desapareciendo de igual modo... (quizás nuestro «Uber Eat», «Glovo», etc., ha-ciendo que la comida aparezca y desaparezca mági-camente, solo que sin pompa ninguna). En *L'Avenir* el

1. Víctor Considérant está considerando el gran divulgador y organizador del movimiento fourierista. Al respecto ver: Considérant, V.: *L'avenir : perspective d'un phalanstère ou palais sociétaire dédié à l'humanité [d'après le plan de Ch. Fourier Accompagné d'une description signée]*, Litografía impresa en Burdeos por H. Faye, s. d. [hacia 1840] para Charles Fourier y J. Hervé, París, BnF, *Littérature et Art*, 2-286 (15).

2. *Gran Scala* era un macroproyecto del consorcio ILD (Interna-tional Leisure Development) para emplazar un gran complejo de ocio en la comarca española de Los Monegros. Contaba con una inversión prevista de 17.000 millones de euros y contemplaba la construcción de 32 casinos, 70 hoteles, 6 grandes parques temáticos (y 12 pequeños), museos, campos de golf, centro comercial y un hipódromo. El proyecto finalmente fracasó.

El desierto, el *terrain vague*, las periferias en cons-trucción no tienen aún una historia acumulada, ca-recen de un código de leyes cerrado... las leyes se pueden pues inventar más fácilmente en esos luga-res. En la videoinstalación *Prohibido cantar* (2012) la acción transcurre en los terrenos desérticos de Los Monegros, cerca de Zaragoza, donde estaba previs-to construir *Gran Escala²*, una gran ciudad de ocio y casinos al estilo de Las Vegas... Tanto Las Vegas como su espejo en la ficción *Mahagonny* de Bertolt Brecht, son ciudades creadas por delincuentes ato-rados en mitad del desierto, ciudades que inventan sus propias leyes: divorcio-express, alcohol y juegos de azar estaban permitidos en Las Vegas y prohibi-dos en el resto de los Estados Unidos... Los carteles en *Mahagonny* anuncian leyes más o menos impro-visadas: «no se puede no tener dinero»... «pues supo-ne un delito castigado con pena de muerte». «*Prohibi-do Cantar* (canciones alegres)» es una de las últimas leyes que se aplicaron en *Mahagonny* antes de su destrucción por un huracán...Inventar leyes, es fácil.

banquete ocurre en el Delta del Ebro, región de arroz, con ostras y una gran paella, pero en este caso, para instalarse en el lugar ideal y llevarlo a cabo, primero hay que luchar contra el viento mientras se acarrea la propia comida y los pesados objetos, quizás en recuerdo de las penurias que pasaron algunos de los que quisieron llevar a cabo la utopía fourierista. Para quienes participaron en *L'Avenir* por un tiempo breve, la impresión es haber vivido en un *falansterio*.

DP

Esa lucha contra el viento que describes y que acaba con la materialización de una utopía, anima a pensar en el famoso enunciado de que *cuando ya nada parece posible, todo es posible*... Uno de los motivos cruciales de esta sensación generalizada de derrota y desesperanza de la que hablábamos antes es la crisis medioambiental y de recursos que nos afecta actualmente a escala planetaria y para la que no parece encontrarse soluciones ¿de qué manera te has acercado a esta cuestión? ¿se ha dado algún debate al respecto en los procesos colectivos que has desarrollado para tus proyectos?

JC

En el proyecto *X-Ville* (que tú conoces bien y que se plantea desde los textos de Yona Friedman, concretamente, a partir de su manual *¿Dónde empieza la ciudad?*[3]) las relaciones entre ciudad y campo visualizan esa aparición «instantánea» de los alimentos en la ciudad actual de la que hablábamos, esa invisibilidad del origen y de los procesos para manufacturar la comida... La supervivencia de las grandes ciudades –se plantea– pasa por aprender de los límites, allá donde la ciudad convive con animales o se trabaja la tierra aún sin urbanizar. La utopía realizable, no sucede fuera, en otro lugar, la ciudad debe reinventar

3. En relación a las ideas de Yona Friedman que comenta Jordi Colomer, puede consultarse: Friedman, Y: *Utopías realizables*, Gustavo Gili, Barcelona, 1977 (versión francesa en L'Éclat) y Friedman, Y: *Manuels* vol. 1-3, Ceneai – Centre National Édition Art Image, París, 2007. Jordi Colomer hace alusión también a la entrevista *Una utopía solo podrá ser realizable con el consentimiento colectivo* realizada por Diana Padrón en 2015 a propósito la exposición del proyecto *X-Ville* en el centro Arts Santa Monica, la Xarxa de Centres d'Art de Catalunya y el Festival Loop Barcelona, con motivo de la I Edición del Premio de Videocreación impulsado por dichas entidades, la entrevista puede consultarse aquí: https://www.jordicolomer.com/index.php?lg=6&id=30&prid=135 / https://vimeo.com/129881729

su propia transformación, cambiar las relaciones con el campo, integrarlo, aprender de él, adaptando sus espacios. Friedman plantea esta necesidad de cambio en los años 60. El tiempo parece darle la razón. Parece hoy insoslayable una nueva perspectiva sobre la relación entre la humanidad y el resto de los seres vivos. La gran ciudad será aquella que logre producir sus propios recursos como parte de su propia actividad y convivir con otras especies... ¿Por qué no imaginar a vacas, gallinas y zorros como habitantes de la ciudad? ¿huertos entre rascacielos?

DP

Me parece que la rururbanización a la inversa que describes (ruralizar ciudades o desdibujar los limites campo/ciudad repensando esos mismos conceptos) es una propuesta que aspira a transformar de manera factible nuestro sistema productivo. Sin embargo, me da la sensación de que habitualmente, más allá de un supuesto compromiso, el mundo de arte y sus instituciones acoge la cuestión de la crisis ecosocial como si fuera un mero hashtag que describe uno de los temas de los que toca hablar, a menudo de forma cercana a las agendas verdes corporativas o incluso en la línea del llamado «greenwashing»,

¿Qué piensas al respecto?

JC

Claro, hay enormes contradicciones en el funcionamiento de las instituciones de arte. Muy escandalosa y flagrante es la falta de reciclaje de los elementos que se utilizan en los montajes de exposiciones y ferias, toneladas de maderas, estructuras y pladures..., a esa despreocupación sobreabundancia cabría confrontarle la precarización ya institucionalizada de artistas y demás agentes del arte...

DP

Justamente, algo que puede percibirse en *Façada Foto-Festa Futur Fideus* es una apuesta clara por otros modos de producción y exhibición, prescindiendo de elementos de diseño de alto coste o con la utilización de materiales *povera* como la madera y el cartón, materiales que te han acompañado desde tus primeras etapas por su cercanía a lo informal, lo efímero y lo teatral (*Idea*, 1987 / *Como en casa*, 1991 / *Operetes*, 1991 / *Monique*, 1992 / *Anarchitekton*, 2002-2004 / *X-Ville*, 2015 / *¡Únete! Join Us!*, 2017 / *Modena Parade*, 2022...). ¿Crees que es necesario repensar los materiales, recursos y metodologías habituales en el mundo del arte en favor de un modelo más sostenible?

JC

Siempre me he sentido próximo a un uso de materiales pobres y próximos, como dices, al espíritu de lo escenográfico, en el sentido de algo provisional. Es una filiación estética que evidentemente tiene implicaciones más amplias, claro. En todo caso la verdadera ecología en la producción se me planteó en mi trabajo en relación al tiempo. Cuando hicimos los Anarchitekton venía de hacer el vídeo *Le Dortoir* (2001) que también está expuesto. Un rodaje en plató, con muchas construcciones, complicado técnicamente, cámara con grúa, mucha gente, caro y con poco tiempo para realizar. El paso siguiente fue *Anarchitekton* (2002-2004). Se trataba, sobre todo, de tener mucho tiempo, realizar cosas aparentemente sencillas, con poca gente y una simple cámara de fotos. Ganar tiempo en general creo que es lo más valioso. Se dice que el tiempo es oro...¿no?

DP

Totalmente... pero además de esta ecología del tiempo, también es habitual encontrarnos con objetos de cierta estética *vintage* en tus instalaciones... pienso, por ejemplo, en tu predilección por las sillas escolares y también en el Volvo de los años 90 que sostiene el luminoso *No? Futur!* (2006-2024), el cual, paradójicamente, es testigo de la crisis de un modelo de industria que provocó la emergencia del punk, al tiempo que anuncia que es posible darle la vuelta a esa conocida consigna... ¿hay futuro? ¿un futuro en el que deberíamos acostumbrarnos a reciclar objetos del pasado y resignificarlos?

JC

Siento próximas las sillas que remiten a escuelas, cocinas, oficinas, son objetos útiles y lugares que compartimos. Sillas que nos son familiares, sin pretensión estética aparente, tienen la dignidad de lo anónimo reconocible... rehúyo cualquier implicación nostálgica, tampoco me gusta la palabra «vintage». Las sillas de instituto en España siguen siendo las mismas desde hace varias décadas, compartidas por varias generaciones. Parece razonable defender que un buen diseño se también el que dura, así que si resultan chocantes quizás es porque su ámbito habitual no es el museo, o el museo parece haber impuesto su propio repertorio de elementos (¿el banco para vídeo instalaciones?), estas son simplemente sillas, y forman grupos entre ellas.

El «No Future» de los Sex Pistols está muy datado, proviene de un contexto social y político muy con-

¿hay Futuro?

DP

Pues, precisamente, durante la inauguración me pareció que aquel espacio alrededor del coche y el letrero luminoso se convirtió en un nudo social que reunió a un grupo curioso y de lo más intergeneracional... tal vez fascinadas por aquella exclamación que queríamos hacer nuestra. Recuerdo que una chica me mostró allí mismo un móvil que acababa de pillar con tecnología de principios de siglo y que tenía forma de coche, de ahí que me viniera a la mente la idea del «vintage». Pero ahora pienso mejor a raíz de tus reflexiones, tal vez lo más apropiado sea hablar de la dimensión «intempestiva» que contiene la exposición, no solo por romper con una taxonomía cronológica, sino por cuestionar la propia idea de la obsolescencia, tal y como apuntas.

Pero volviendo al aquí y ahora: en tu consolidada trayectoria internacional, has participado en diversas ocasiones para la bienal nómada Manifesta... me parece casi obligatorio preguntarte por tu opinión al respecto de su próximo desembarque en Barcelona en este otoño. En esta edición, según parece, estará enfocada en la transición ecosocial con el objetivo de «inspirar a la ciudadanía a actuar». ¿Crees que la crisis medioambiental es una responsabilidad de la ciudadanía? ¿debemos confiar en soluciones individuales?

JC

En cuanto a Manifesta, estoy muy curioso por ver esta edición. Como indígena barcelonés siento cierto rechazo, cosa habitual en Manifesta. Como conocedor de la bienal, sin embargo, soy un entusiasta. Estoy más preocupado de qué va a pasar en la post-manifesta, con las chimeneas del Besòs por ejemplo, qué modelo cultural encarnan, qué se quiere hacer ahí... Tengo la impresión que la comunidad artística no ha sido consultada en absoluto... Para citar de nuevo a Yona Friedman «...la suma de muchas insatisfacciones individuales es una insatisfacción compartida y ese es el paso para encontrar soluciones colectivas...». Voy a dar un ejemplo muy concreto: en Trondheim (Noruega) mientras preparábamos la parade (*Svartlamon Parade*, 2014), vivíamos en el barrio de Svartlamon que acoge un programa de arquitecturas experimentales. En nuestra casa el depósito de agua para lavar los platos era transparente y uno podía darse cuenta en directo del consumo de agua, cuando esta se agotaba había que ir a buscar agua a la fuente y cargar con el pesado depósito. El sistema es sin duda un poco rudo, pero es un visualizador inapelable. La consciencia del consumo individual está asegurada. La solución no es tanto instalar este tipo de mecanismos en las casas, sino una vez las consciencias individuales están despiertas, encontrar sistemas colectivos que incorporen a la propia concepción de las casas el tema del reciclaje. Deberíamos exigir seriamente que toda vivienda nueva, toda nueva urbanización, adapte sistemas de reciclaje de agua, eso relativizaría los comportamientos individuales, hay que implementar masivamente sistemas racionales de gestión del agua.

DP

Gracias por este ejemplo, entiendo que de lo que se trata, en definitiva, es ser capaces de visualizar juntas algo que compartimos y nos afecta a todas, reconociéndonos en la misma batalla.

Por último, para acabar participando en el juego de palabras que nos propone la hoja de mano y el propio título de la exposición, a la hora de hacer un resumen de lo que hemos hablado ¿con qué F te quedarías?

Frame del vídeo *X-Ville*, Jordi Colomer, 2015 (Prod Xarxa, Loop, ESAAA). Cortesía del artista

JC
Felicidad
Famosas Fábulas Factibles
Flor Fiebre Feroz
Frágil Fantasear Fin

Grandiosa Fantasía (fotograma), Irene de Andrés, 2021